The Deep Blue Good-By

John D. MacDonald

[美] 约翰 · 麦克唐纳／著　　传魁／译

深蓝告别

THE DEEP BLUE GOOD-BYE

九州出版社
JIUZHOUPRESS

图书在版编目（CIP）数据

深蓝告别 /（美）约翰·麦克唐纳著；传魁译. —北京：九州出版社，2016.9
ISBN 978-7-5108-4699-1

Ⅰ. ①深… Ⅱ. ①约… ②传… Ⅲ. ①长篇小说—美国—现代 Ⅳ. ①I712.45

中国版本图书馆CIP数据核字（2016）第220635号

版权合同登记号 图字：01-2016-7573

深蓝告别

作　　者	（美）约翰·麦克唐纳　著　传魁　译
出版发行	九州出版社
地　　址	北京市西城区阜外大街甲35号（100037）
发行电话	（010）68992190/3/5/6
网　　址	www.jiuzhoupress.com
电子邮箱	jiuzhou@jiuzhoupress.com
印　　刷	北京慧美印刷有限公司
开　　本	880毫米×1230毫米　32开
印　　张	7
字　　数	129千字
版　　次	2017年3月第1版
印　　次	2017年3月第1次印刷
书　　号	ISBN 978-7-5108-4699-1
定　　价	35.00元

译者的话

1940年，一个刚毕业的哈佛工商管理硕士参军入伍，不久之后被派往中缅印战区，任职于战略情报局（Office of Strategic Service，中央情报局的前身）。他在印度待过，形容那里的生活“极度单调”；他也到过中国，在云南执行任务，但没留下什么记录。

在敏感部门里，军方会严格审查所有寄出的家信。这样的制度促成了他的第一篇侦探小说——只为绕开满地的敏感词，让妻子开心一下。他的妻子很体贴，将这篇小说投到杂志，却没有告诉他。后来……他成了美国最有名的悬疑侦探小说家之一，时至今日，美国几乎所有的旅馆里都会摆着一两本他的作品，供客人阅读。

他是约翰·麦克唐纳。

他的故事告诉我们，一个好妻子对作家至关重要。但这个故事里还有几处不可忽略的情节，其中之一是这个作家有多勤奋。

麦克唐纳在为斯蒂芬·金的《午夜轮班》（*Night Shift*）作序时写道，在各种派对上，总有人扯着笑脸，有模有样地对他说：“你知道吗？我也一直想写点东西。”他尽量礼貌地回应，心里想的是：If you want to write, you write——如果你真想写，就会去写。没那么多废话。

退伍回到美国，麦克唐纳没有再顺从父亲的意志，断了从商之路，开始疯狂写作：一周写七天，每天写十四个小时，四个月写出八十多万字，体重掉了二十磅。一年内，他的短篇小说遍布所有类型小说、杂志，甚至有几次，整本杂志全是他的作品，署着各式各样的笔名。之后，他开始写长篇小说，最终创作出海边游侠“崔维斯·麦基系列”，在侦探小说史上留下了一个无法超越的形象。

“崔维斯·麦基系列”一共二十一部作品，最后一部完成于麦克唐纳离世前一年。这个系列中，每一本的名字里都带有一种颜色，书的封面用这种颜色做背景，摆在一起就像一串色谱。《深蓝告别》在色谱的最前端，暗示着深沉的忧伤。

劳伦斯·布洛克曾说：“麦克唐纳的感性永远是中部美国人的。”他笔下的许多人物来自那片保守、落后、单纯又诚挚的广袤之地，他们去大城市讨生活，遭受坑蒙拐骗，无路可走，只能依靠崔维斯·麦基——游走在灰色地带的无照侦探，一个“菩萨心肠，霹雳手段”的家伙。

《深蓝告别》虽然是一本类型小说，但其中的人物细腻微妙、情感丰沛，翻译起来颇有难度，欢迎各种批评指正。

希望你们喜欢崔维斯·麦基。

传魁

说 明

1. 为保留原著的美式习惯，本书对所有美式度量衡不作替换，请读者参考脚注里的换算标准。

2. 书中地名的译法参照的是当下最常见的用法。

3. 原著中的章节名用意大利文，麦克唐纳用这种方式自有其用意，在此不作改动。“Uno”是“第一章”，依次类推。

美国 U.S.A.
佛罗里达 Florida

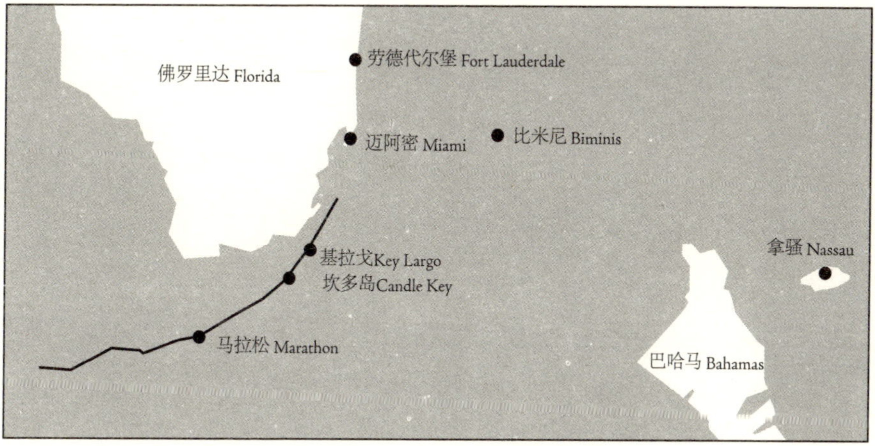
佛罗里达 Florida
劳德代尔堡 Fort Lauderdale
迈阿密 Miami
比米尼 Biminis
基拉戈Key Largo
坎多岛Candle Key
马拉松 Marathon
拿骚 Nassau
巴哈马 Bahamas

主要人物

崔维斯·麦基

苏琪·麦克考

凯西·克尔

小艾伦

戴维·巴里

露易丝·阿金森

威廉·卡洛维

乔治·布瑞尔

帕蒂·德芙兰

Main Characters

Travis McGee

Chookie McCall

Cathy Kerr

Junior Allen

David Berry

Lois Atkinson

William Callowells

George Brell

Patty Devlan

The worst crimes of man against woman do not appear on the statues.

Travis McGee

男人对女人犯下的最恶劣的罪行，在法律条文里是看不到的。

崔维斯·麦基

Uno

那晚，我本该待在宁静无事的家里。

所谓家，就是“缺角同花”[1]，一艘五十二英尺[2]长的大型平底房船，停在劳德代尔堡巴伊亚玛[3]F-18号船位。

家是私密之处。放下所有不透光的窗帘、关上舱门、冷气的嗡嗡低语遮蔽外界的一切声音，邻船上的一举一动不再干扰你，就好像身处飞越金星的火箭，或沉入冰川之下。

我把自己的房间称为休息室，因为它在船上，也因为休息是我的主要活动之一。

我慵懒地陷在角落的沙发里，研究着群岛图，试图打起精神，给“缺角同花”找个新船位停一阵子。它有一对大力士引擎，各五十八马力，每小时行驶六海里没问题。我不想挪它，我

1　缺角同花，Busted Flush。

2　一英尺约等于0.3米，一英寸约等于0.02米。

3　佛罗里达州东部沿海地名。

喜欢劳德代尔堡。可我在这里停了太久，也该动一动了。

苏琪·麦克考正在编排傻乎乎的舞步。因为我这里既私密又有足够大的空间，她就把这里当排练房。她把挡道的家具挪开，从主卧室里搬来几面镜子，把她那吵人的节拍器调好。她穿着褪色的锈红紧身衣，上面有几处用黑线补过，头发扎得像条围巾。

她跳得很卖力，一遍遍地尝试同一个段落，每次做些微调。一旦满意，她就跑到桌边，在记录板上标记下来。

现在的舞女和以前的矿工一样辛苦。她踏步、吐气、扭动美妙匀称的身体。尽管开着空调，她依然难耐酷热，休息室里弥漫着甜丝丝的汗味。她让人分心，也令人愉悦。休息室的灯光照耀着她圆滑的双腿与手臂上的汗滴。

“该死！”她对着笔记皱起眉头。

“怎么了？”

“没什么，我得搞清楚每个人的位置，不然他们会踢到对方的脸上。我有时候会搞混。”

她划掉一些记号。我继续研究康坦群岛东北浅滩退潮时的水位。她又卖力地跳了十分钟，标记下来，然后靠在桌边，大口喘气。

“崔维，亲爱的？”

“嗯？”

“上次你和我说……你的工作，你是开玩笑的吗？”

“我说了什么？”

"你说得有点奇怪，但我还是相信你的。你说如果X有些值钱的东西，被Y夺走了，X无论如何也要不回来，于是你出面，和X约定，帮他要回来，你得一半。之后你就……靠这笔钱过日子，直到钱快用尽。真是这样的吗？"

"说简单了，苏苏，但基本上是这么回事。"

"这样不会惹来很多麻烦吗？"

"有时候会，有时候不会。Y一般不敢怎么样。因为我算是最后一根救命稻草，所以收百分之五十作为酬劳，对X来说，一半总比分文不剩要好。"

"而且你做这些事从不声张。"

"苏苏，我不是那种有名片的人。我的名片上能写什么？崔维斯·麦基，追款专家？"

"老天啊，崔维，你整天躺着没事干，等你穷得叮当响，急着要钱，上哪儿找这样的活？"

"多得忙不过来。社会是很复杂的，宝贝。社会越复杂，就有越多明偷暗抢的花头。有时候老主顾给我牵线，或者你拿一沓报纸，仔细读，读出字面上没写的东西，就会看到一个富得流油、逍遥自在的Y和一个坐立不安、可怜兮兮的X。我喜欢接大笔的活，开销虽然大，但事成之后，我又可以早几年退休。我会攒够几笔养老钱，而不是熬到六十岁才歇手。"

"要是现在就有活找上你呢？"

"我们说点别的吧，麦克考小姐。不如你请两天假，让弗兰克紧张一下。我们可以叫些人，一路开着派对，驶向马拉松[1]。这么着，四位男士加六位女士。不带酒鬼、不带怨妇、不许配对、不男不女的不带、拍照狂不带、怕晒伤的不带、不会游泳的不带、不……”

“拜托，崔维，我是认真的。”

“我也是。”

“我想让你和一个姑娘谈谈。几个月前我把她招进组里，她比其他人稍大一些，以前也是跳舞的，现在重回这一行，状态很好。但……真得有人帮帮她，而且别人也帮不了她。她叫凯西·克尔。”

“对不起，苏苏。我手头钱够用几个月的。手头紧的时候我干活最来劲。”

“但她觉得这事牵扯到好大一笔钱。”

我盯着她：“她觉得？”

“她从没见到钱。”

“不好意思，你再说一遍。”

“有一晚她有点喝醉了，哭得泪汪汪的。我一直对她不错，所以她一股脑儿全告诉我了，但最好还是让她亲口告诉你。”

“她见都没见过的东西，又怎么可能失掉？”

仿佛看见鱼儿上钩，苏琪露出一丝笑意，“实在太复杂，我

1　佛州南部的一个群岛。

解释不清，怕说乱了。能不能答应我，崔维斯？和她谈谈？”

我叹了口气，“找个时间带她过来。”

她轻柔地凑过来，拿起我的手腕，看看手表。她的呼吸放缓了，被汗水浸透的紧身衣像一层皮肤，贴在她的身上。她低头冲我微笑：“我知道你会答应的，崔维。她二十分钟后到。”

我仰头瞪着她：“你这个小忽悠，麦克考。”

她拍拍我的头：“凯西人很好，你会喜欢她的。”她回到房中央，打开节拍器，看了下笔记，继续编舞。起跳、落地，用力的时候哼哼唧唧——看芭蕾千万别坐第一排。

我想回头接着研究航道标识和潮汐水位，但完全没法专心。我不得不和那个女人谈谈，但绝不会被人蒙进什么莫名其妙的案子里。下一桩活已经到位，只等我准备就绪。我有充足的选择，不需要更多。苏苏疑惑我哪来那么多案子，这让我想坏笑。机会随时冒出来，她就是活生生的例子。

九点整，连到码头木桩上的电铃传来“叮咚”声。如果有人不按铃，直接跨过铁链、踏上跳板走过来，他们一踩上甲板上的粗绳踏垫，就会触发一声可怕的巨响，随之而来的是各种防范措施。我吃不消惊喜，因为我已经尝够了。惊喜令我不安。避免所有可以避免的风险，这是最惬意的生存方式。

我打开后甲板上的灯，从休息室的舱门出去。苏琪在我身后喘气。

我走过去，帮来客解开铁链。她一头沙色的金发，留着英国男生的发型，一对大眼睛透过凌乱浓密的刘海望过来。在我这里，她穿得太讲究了，一身简洁的黑色，胸前别着一颗珍珠，拎着信封式的小钱包。

喘息之间，苏苏替我们介绍了彼此，然后我们回到里面。看得出来，以苏苏的标准，她不再年轻，也许二十六七岁。她是个金发褐眼的女子，眼神悲伤又无助，就像一只巴色特猎犬。她的眼睛周围看得出风霜的印记。在休息室的灯光下，我发现她那一身黑色为她增色不少。她的双手有些粗糙，蓬松的黑色连衣裙之下，是一双毋庸置疑的舞女的腿，微微弯曲、匀称而结实。

苏琪说："凯西，你把整件事说给崔维斯·麦基听听吧，就像跟我说的那样。我忙完了，你们俩聊吧。我先去洗个澡，好吗，崔维？"

"必须的。"

她在我耳边叮咛了好一会儿才走，顺手关上了主卧的门。

我看得出，凯瑟琳[1]·克尔浑身紧绷。我问她喝什么，她很感激，要了杯波旁酒加冰。

"我不知道你能做什么。"她说，"也许来这里很傻。我不知道有谁能做些什么。"

"也许有些事是谁都能做的，凯西。我们假设这事毫无希望，先说说看。"

1 原文为Catherine，凯西的全拼。

“有一晚演出后我喝得太多，把事情告诉她了，其实我不该告诉任何人。”

在她轻微的鼻音里，我察觉到那种海边的口音，海边人吟唱的语调。

“我结婚了，算是吧。”她倔强地说，“三年前他跑了，没有音信。我有个五岁的儿子，我妹妹带他，住在坎多岛[1]的家里。所以说这笔钱很重要，不是为我，是为我儿子戴维。人总是想给孩子很多。也许我幻想得太多。我说不好，真的。”

你得让他们用自己的方式说出来。

她抿了口酒，叹一下气，耸耸肩。“那一年，我九岁，是1945年，我爸爸从战场上回来。戴维·巴里中士。巴里是我娘家的姓，凯瑟琳·巴里。我给儿子起了他的名字，尽管孩子出生的时候，爸爸已经在监狱里关了很长很长时间。事情大概是这样的，我爸爸‘二战’期间在外国打仗，找到了某种赚钱的路子，我估计是很多钱，然后他想办法把钱弄了回来。我不知道是什么办法。他在印度和缅甸待了两年多。麦基先生，他喜欢喝酒，而且是个强壮、脾气火暴的人。后来他乘船回国，在旧金山上岸。军队要送他去佛罗里达的什么地方办退伍手续，然后他就可以回家了。但他在旧金山喝醉了，打死了另一个军人。他以为自己会被关起来，再也见不到我们，就跑了，一路

---

1 原文中为Candle Key，对照后文，应在佛州最南端的岛屿链上，名字可能为作者虚构。

跑回家。但他这么跑掉对审判很不利，他面临的是军事审判，军队里的那种法庭。他半夜回到家，我们起床，看见他在码头上，望着水面。那天有雾，他告诉我母亲出了什么事，他说他们会来抓他。我从没见过一个女人哭成那样。正如他说的，他们过来把他抓走了，判他终身监禁，把他关进堪萨斯莱文沃思的监狱。他杀的是一个军官。我母亲圣诞节坐车去看他，每个圣诞节都去，直到两年前他死在监狱里。要是钱够，她会带上我或者我妹妹。我去过两次，我妹妹去过三次。”

她滑入梦境与回忆。过了一小会儿，她愣了一下，看着我：“对不起。当时他以为自己迟早会出来。我估计他们会放他出来，可总是出些岔子。他不像有些人那样，能在监狱里老实待着。他是个自尊心很强的人，麦基先生。不过，我想和你说的是，他们来抓他之前，我那时九岁，我妹妹七岁。他坐在门廊上，抱着我们，对我们说，等他放出来之后，会有哪些美妙的事情等着我们。我们会有自己的游艇和马，我们会周游世界，我们每天都有漂亮的新衣服。我始终忘不了他的话。等我大了，我回忆给母亲听，以为她会笑我，但她却严肃得很，让我绝不要说给任何人听。她说我父亲会有法子搞定事情，然后，某一天，让我们所有人都过上好日子。当然了，好日子一直没来。去年，有个男人来找我们，叫小艾伦，一个笑容满面的人。他说他在那个地方待了五年，同我爸爸很熟。他知道我们的一些事，只可能是爸爸告诉他了，他才会知道，所以我们很高兴见到他。他说他没有家人。他长着一脸雀斑，总是面带笑容，爱说话，手很巧，会修东西。他搬来和我们一起住，在埃索加油站找了份工作，能补贴家用。我母亲那会儿病倒了，但在克里斯蒂——我妹妹和我白天上班的时间里，她还能看孩子。我妹妹的两个孩子，还有我儿子戴维，三个小家伙。小艾伦和克里斯蒂在一起会更好一些。1961年刮飓风，坎多岛超市的煤渣砖墙塌了，压死了她丈夫。她丈夫叫杰米·汉森。我们家的男人一个个都不走运。”她挤出笑容。

“有时候祸不单行。”

“我们家真够祸不单行的。小艾伦最喜欢的是我，我们在一起的时候，我母亲已经病得管不了这些。到后来，她和那些重病患者一样，注意力越来越向内，看不到外界。克里斯蒂知道我们之间的事，她跟我说这是不对的。但艾伦说，瓦力·克尔丢下我跑掉，我和离了婚的人没两样。他说，我必须等瓦力没有音信七年之后才能提出离婚。后来我发现他在说谎。

“我和小艾伦像夫妻一样生活，麦基先生，我爱过那个男人。母亲去世的时候，有他在身边挺好。那天快到圣诞节，她正在洗圣诞树树叶，朝水池一弯腰，发出小猫一样的叫声，然后滑倒在地，当时就不行了，就这样去世了。克里斯蒂不再上班，因为总得有人看孩子，但有我和小艾伦工作，日子勉强过得去。他和我们在一起，从头到尾，有一件事很奇怪，我当时以为那是因为他和我爸爸在监狱里走得很近。他喜欢说爸爸的事，不断地问关于他的问题，比如他喜欢做什么，喜欢去哪些地方，就好像他想过打仗前我爸爸过的日子，那会儿我和戴维现在一样大。还有些事情，当时没觉得什么，现在回想就很奇怪。我想起爸爸在一个无名小岛上盖的钓鱼屋，告诉了小艾伦，第二天他就开快艇出海，去了一整天，回来的时候累得要死、脾气很大。就是这些小事，我现在明白他是在寻宝，麦基先生。他在寻找爸爸藏起来的东西，那些东西能让我们穿新衣服、买自己的马、周游世界，不管到底是些什么东西。他找各种借口，挖遍了院子。有一天我们醒来，小艾伦跑了，二月底的事。我们家旧车道的两根柱子被扳倒，那是我爸爸很久以前用贝壳灰岩造的。车道很小，这两根柱子显得太大、太气派，但造得很糙。小艾伦把它们扳倒，然后跑了。左边那根柱子的碎片里有些东西，我一开始不知道是什么。一块块铁锈、一堆烂布，可能是军装，还有绕起来的铁丝、一段生锈的铁链，还有个盖子一样的东西。

“他把自己的东西都带走了，所以我知道这回跟瓦力·克尔那次一样，找他也没用。但三个星期后，他又出现在坎多岛。不是来见我，他回来见阿金森太太。她是个漂亮女人，在坎多岛有幢很大的新房子。我猜他在加油站工作，给她的“雷鸟”[1]加油，就这么认识的。他们告诉我，小艾伦住在她的房子里，而且他穿着名贵的衣服、开着自己的游艇回来，直接搬进她家。他们这么告诉我，然后等着看我怎么说、怎么做。到了第四天，我在

1 原文为Thunderbird，福特的经典车型。

城里碰见小艾伦。我想找他说话，他转身急匆匆地往反方向走。我很丢人，追着他跑。他钻进阿金森太太的车里，她不在车上。他骂骂咧咧地掏口袋，找不到钥匙，脸色很难看。我哭着问他为什么这样对我。他骂我不要脸的贱人，叫我滚回自己的窝里，再也不要出来，然后开车跑了。很多人看到、听到了，他们可有的说了。他的游艇就停在那儿，一艘大游艇，登记在他名下，是他的船，就停在阿金森太太的码头前。后来她锁上房门，坐小艾伦的船走了。我知道她是个谨慎的人，不可能给小艾伦买一艘那样的游艇，而且我知道小艾伦和我们住在一起的时候，一分钱没存。但他找啊找，找啊找，找到了什么东西，然后跑了，回来的时候很有钱。但我不觉得这世上有谁能做些什么。苏琪让我找你，所以我都告诉你了。我不知道他现在在哪儿。我不清楚阿金森太太知不知道，也不清楚她是不是还和小艾伦一起待在某个地方。而且就算有谁能找到他，又能怎样？”

“那艘船有没有名字和登记信息？”

“船名叫‘逍遥游’，在迈阿密登记的。不是新船，但名字是新的。他给几个人看过文件，证明那是他的船。我估计是一艘定做的船，大约三十八英尺长，船舷白色，船身是灰色的，上面有一道蓝色的条纹。”

“然后你就离开了坎多岛？”

“不久之后走的。我们俩只有一人工作，钱不够用。我小时候，有个游客，是一位女士。她看见我一个人在那儿跳舞，后来她每年冬天过来都会免费教我跳舞。结婚前，为了还钱，我在迈阿密跳过两年舞。现在我又干回这一行，收入还行，能给克里斯蒂寄一点，让她也过得去。我也不想留在坎多岛。”

她振作精神来见我，此刻那双褐色的眼睛柔和而歉疚地望着我。这个世界压制她、贬损她，无所不用其极，但她用坚毅的精神刺出了一道口子。我发现自己对小艾伦，那个笑容满面的人，产生了说不上来的厌恶。我不太善于感情用事，并对此保持警惕。我还对很多东西保持警惕，比方说信用卡、工资扣税、保险、退休金、存款账户、集点印花[1]、打卡机、报纸、房贷、布道、神奇布料、除臭剂、清单、分期付款、党派、图书馆、电视、女演员、商会、选美、时代进步，还有天命西进论[2]。

我们把这个乏味、沉寂、乱七八糟的世界打造成了一个闪闪发光、头重脚轻的体系。我们能做的，只是看着它的光芒，蛮横地维持它的运转，除此之外别无他物。我对此保持警惕。

现实映在那双坚忍的眼睛里，无法言说的痛苦控诉映在那双眼睛里。那双眼睛属于一个疲惫不堪的年轻女人，她看着你，无所希冀。

但对散仙崔维斯来说，这些东西从来打动不了他。我也对所有诚挚之心保持警惕。

“让我想想吧，凯西。”

---

1 购物换取印花，积攒印花再换奖品的商业促销。

2 将美国的领土扩张看作上帝旨意的政治观点，尤其指美国向西部拓展的历史。

“好的。”她说，然后放下空杯。

“再来一杯吧。”

“我要走了，谢谢你。”

“我可以通过苏苏找你。”

“好。”

我帮她开门，留意到一个动人的细节。她如此受伤，如此低落，但她那舞者的步伐依然那么坚定、轻盈、敏捷，仿佛急切地想扮出快乐的样子。

Dos

我晃晃悠悠地穿过休息室，敲敲主卧室的门，走了进去。苏苏的干净衣服摊在我的床上，汗水浸透的紧身衣堆在地板上。我听见她在浴缸里翻身、泼水、哼歌。

“喂。”我对着半开的门说。

“进来吧，亲爱的，没关系。”

潮湿的浴室里蒸汽蒙蒙、香皂水四溢。一个爱享乐的老头定制了这艘舒适的大船，慰藉自己的风烛残年，他在船上添了许多不错的装置。其中之一是嵌入式的淡蓝色浴缸，足足七英尺长、四英尺宽。苏苏的身子伸展开来，黑色的头发漂浮摇曳，上面沾满香皂沫，显得滑腻，又格外茂密。她示意我过去，我坐到浴缸后端的边缘上。

我猜苏苏二十三四岁。她的脸看上去要老一些，带一点老照片上印第安人的肃穆神情。在她状态最好的时候，那张脸强悍有力，令人惊异；状态最糟的时候，那张脸仿佛属于一个滑稽合唱团的小男孩。但她的身体——从未像今天这么亲密地展露在我面前——是摄人心魄、无可比拟的女性身体，黝黑、光滑，匀称而丰满，没有一丝赘肉。

这是一次特殊的挑战，我不了解其中的规则，只知道多数时候，一个人最终无力承担，比如说与苏苏这样有自己独特的力量、特质与要求的女人。她发出挑战，却不如自己想的那么有勇气。

“凯西的事怎么样？”她说。她的声音刻意显得漫不经心。

“她经历了很多。”

“可不是吗？你能帮她吗？”

“有很多事要先搞清楚，可能有太多的事。也许，搞清这些事需要太长时间、太多的钱。”

“但你不去调查，就无法知道。”

“我只能猜测。”

“而无动于衷。”

“这和你有什么关系，苏苏？”

“我喜欢她，而且她很苦。”

“这个世界上到处都有可爱的人遭罪。他们是多灾多难的一群人，灾难降临，天塌下来，砸在他们头上，但你无能为力。”

她拨了拨水，皱起眉头。我的左手撑在浴缸的边缘。突然，她抬起热气腾腾、闪着水光的长腿，毫不犹豫，把湿淋淋的脚心搭在我的手背上，弯起脚趾，古怪地钩住我的手腕。她的眼神里有一丝警惕，警惕自己的大胆举动，她的声音沙哑，“水很舒服。”

这未免太不自然了，“你在学谁啊？”

她吃了一惊，“你这么说真奇怪。”

“你是苏琪·麦克考，坚强，有梦想，不是个随便的人。我们已经做了几个月的朋友，我对你表示过，很早以前，但你委婉、坚决地回绝了我，让我们继续做朋友。现在你在学谁呢？我这么问不是没道理吧？”

她把脚收回去，“你干吗这么浑蛋，崔维？也许我就是想随便一下。你干吗非要刨根问底？”

“也许因为我了解你，也许已经有太多的人受伤。”

“这话是什么意思？”

“苏苏，亲爱的姑娘，你不是那种轻浮的人，把上床纯粹当乐子。你更复杂。所以说，这次令人愉悦又意外的邀请，想必是某种发展、行动计划或未来打算的一部分。”

她的眼神游移了一下，我便知道自己击中了要害。“随你说吧，亲爱的，反正你很能说。”

我对她笑笑，“如果只是纯粹地享乐，宝贝，没有索求、没有约定、没有永恒的誓言，我乐意效劳。我喜欢你。我喜欢你，以至于不忍心把你骗到手，虽然眼前的诱惑很要命。但如果我那么做了，我觉得你会自我暗示，不能自拔，因为，我说了，你是个复杂的女人，也是个坚强的女人。我无法成为你未来生活的一部分，在感情方面。”我站起来，低头看着她，“这就是我的原则，你来决定。决定了，就叫我一声。”

我回到休息室，审视自己高尚的品格，想用脑袋去撞墙，让自己醒醒。我的指甲把手掌掐出一个个滑稽的凹槽。我的耳朵竖起来，向上伸展。我来回走了几步，两只耳朵始终朝着她的方向，期待着羞涩的召唤。

最后，她终于出来了。她穿着白色的宽松裤、黑色的上衣，湿漉漉的黑发扎在一条红色的头巾里，舞蹈用具放在帆布包里。她看上去疲倦、羞涩、有点悔意。她慢慢走向我，用一连串短暂的目光与我的眼睛相接。衣着遮掩了丰腴，让她变得苗条。

我托起她的下巴，亲吻了她温暖而柔顺的印第安人嘴唇。“刚才怎么了？”我问她。

“我和弗兰克吵了一架，吵得很凶。我想我是要证明些什么吧，现在觉得自己像个傻子。”

“别这样想。”

她叹了口气，“如果不这样想，我会感觉更糟。我猜，最后会更糟。所以，谢谢你这么聪明，比我还了解自己。”

“朋友，我也不容易。”

她对我皱起眉头，“我怎么了？为什么我不能爱上你，非得爱上他？他是个很差劲的男人。和他在一起，我觉得自己降格了，崔维。但有时候他走进房间，我感觉自己快要为爱而昏厥。我想这就是为什么……我这么同情凯西。弗兰克就是我的小艾伦。帮帮她吧。”

我告诉她我会考虑的。在这湿热的夜晚，我陪她走到她的小车旁，看着她开走，带上完好的丰腴，回到乖戾的弗兰克身边。我期待着人们为我的演说和奖杯掌声雷动、吹响小号，却只听到海水拍打船身、游艇码头与公共海滩之间平坦的柏油马路上传来模糊的车声、混成一团的各路音乐、船上的笑声、醉酒之后口齿不清的说话声，还有一只蚊子在我的脖子上嗡嗡直叫。

我朝水泥码头踹了一脚，脚趾生疼。现在是玩伴的年代，而且显而易见，是个欺骗的年代。据说这个年代充斥着放纵而可爱的兔女郎，对她们来说，性是欢乐的社交福利，所谓的新文化。而且她们确实存在，数量惊人，等你出手，但有趣的是，这些人让你提不起兴趣。一个不保护自己、不珍视自己的女人对别人也不会有太大价值。她们成了那种舒适的小玩意儿，就如给客人用的毛巾。她们讨人喜欢的闲言碎语，还有放松享受时的放声嬉笑，也和绣在客人毛巾上的首字母一样做作。只有有自尊、有深度、充满情感张力的女人才值得爱，要得到这样的女人，只有两种方法。要么说谎，让欺骗玷污你们的关系；要么接受你们的关系、情感上的责任以及她必然渴求的永恒。“我爱你”只能用这两种方法说出口。

但饥渴也是切实存在的。我不自觉地慢慢走向阿拉巴马 · 泰戈的豪华大游船，那是他一年到头开海上派对的地方。人们象征性地和我打招呼。我弄了杯酒，摆出一副无比可亲的样子，保持适度的神秘感和恰到好处的幽默，同时仔细观察人群里的关系，直到挑出两个候选人。我选了一个年轻的红发妞，来自瓦克市，叫莫丽·贝阿·阿舍。我小心地把她从人群中拉出来，拖着她回到“缺角同花”。她醉醺醺的，不过很乐意。她觉得“缺角同花”是一艘小巧可爱的旧船，然后在上面蹦蹦跳跳，对着船上的装置设备大呼小叫，像只活泼的小猫，直到上床时间终于来临。她使出学来的技巧和天生的勤奋，完成她的社交活动。然后我们躺下，互相恭维几句。她跟我说了她的大麻烦——是回到贝勒大学读完最后一年，还是和那个不可救药爱上她的可爱男生结婚，还是接受休斯敦一家可爱的保险公司超棒的工作。她叹了口气，像个姐姐似的亲了我一下，像个朋友似的轻轻拍拍我，然后起身补妆，把自己塞回短裤和露背装里。我把从另一艘船上带来的两个杯子倒满酒，陪她走回泰戈的派对。我又待了十五分钟，以示礼貌。

黑暗中，我独自一人躺在床上，感到悲伤、衰老、倦怠和被欺骗。莫丽·贝阿的真心程度，同水手们在日本码头买的充气娃娃差不多。

黑暗中，我回想起凯西·克尔凌乱的沙色头发下，那双谦卑的褐色眼睛。莫丽·贝阿，她的乳房白皙坚挺，上面散落金色的雀斑，她这样的人永远不会被生活如此羞辱，因为她永远不会对现实的残酷深有体会。她永远不会被自己的幻觉所伤害，因为它们对她来说并不重要。当曾经的幻觉退去，她总能找到新的。但凯西坚守在过去。爱的幻觉，神奇地变成了耻辱的回忆。

也许我憎恶自己心中的小艾伦。散仙崔维斯·麦基的那些无忧无虑的同伴要是听到他的夜晚思绪，该有多么惊讶。崔维斯·麦基，那个身手矫健、肤色黝黑、在船上鬼混的大个子，那个卷发、浅色双眸的把妹达人，那个捕杀凶悍海鱼的家伙，那个喜欢在海滩闲逛、喝杜松子酒、妙语连珠、不爱惹是生非、反对偶像崇拜、不信教、好争辩的家伙，那个拳头硬朗、满身伤疤，不为井然有序的社会所容的家伙。

但怜悯、愤怒与内疚最好藏起来，别让寻欢作乐的同伴们看到。

只有在夜晚，才让这些思绪浮现。

麦基，你真会做人啊，老弟。

可爱的小老弟。

那晚，我本该待在宁静无事的家里。但凯西·克尔闯了进来，打破了宁静。最终，我坦陈自己搞上红发妞，不是因为我拒绝了苏苏的泡泡浴之乐，而是因为我试图回避凯西抛下的挑战。我的钱还够晃荡几个月，但凯西带来了躁动和愤怒，促使我羞愧地爬上跛脚的白马、敲掉盔甲上的铁锈、举起弯曲的长矛，大喊一声“冲啊”。

决定之后，我旋即入睡。

Tres

第二天早上，把衣服送洗衣店之后，我解开自行车锁，骑车去车库。我把艾格尼丝小姐停在那儿，免受海水和阳光的侵蚀。她已步入晚年，需要悉心的关爱。我相信，她是全美国唯一一部被改装成皮卡的劳斯莱斯。她是1936年的古董车，前任主人搞残了车尾，又用不可思议的方法将它修复。她块头挺大，尽管动过残忍的大手术，依然保持了劳斯莱斯家族的传统本领，能够以120公里每小时的速度无声无息地开一整天。另一个白痴把她漆成了电光蓝。那天，我看见她可怜兮兮地蹲在一个巨大车场的最后一排，当即买下，然后给她起了我四年级时一个老师的名字。那个老师的头发泛着同样的蓝光。

艾格尼丝小姐带着我南下迈阿密。我开始逐个拜访游船商，拐弯抹角地问问题。

三明治午餐之后，我终于找到了卖出那艘船的店家。金碧·梅尔。根据他们的记录，今年三月，一个叫安布罗斯·A. 艾伦的人买下一艘四十英尺长、定制的斯塔德游艇，登记的地址是海湾道酒店。卖船的销售员叫乔·楚尔，他不在店里。我等他回来，同时给海湾道酒店打了个电话。那里没有叫安布罗斯·A.艾伦的人登记过。两点半，乔·楚尔回来了，身上一股上等波旁酒的味道。他是个颤颤颠颠、皮肤坚硬粗糙的小个子，每说一句话都会眨眨眼，痴笑两声，好像自己刚说了个笑话。发现我不是个潜在的客户，他有点失落，但听到我说请他喝一杯，又高兴起来。我们去了附近的一个地方，那里的每个人都认识他。我们还没在吧台前的高脚凳上坐稳，酒保就已经把喝的放到他面前了。

“说实话，一上来我不知道他是不是买主。”乔·楚尔说，“这行干久了，你能认出各种买船的人。那位艾伦先生，他的样子、举止都更像一个帮人打工的船员，似乎在为老板看船。指甲缝里油乎乎的，手腕上有个刺青。看上去是个狠角色，身材魁梧、深色皮肤、样子生猛，而且始终面带笑容。我给他看了很多船型选择，他立马开始谈价，我就拿他当真了。最后他挑中了‘杰西卡三世’，之前船主登记的名字。”

“是艘好船吗？”

“船不错，麦基先生。虽然用了很久，但保养得很好，配了两台一百五十五马力的引擎，彻底检修过。航程与速度兼顾，船上的设备也很不错。1956年造的，如果我没记错。乘风破浪，表现不俗。我们开着船出海，他亲自掌舵，觉得很满意。靠岸的时候，他把我吓个半死，差点把码头削掉五十英尺，好在他及时掉头。当时我站在船头上，一根木桩从我身上擦过，像小姑娘的吻那样轻柔。他把船检查了一遍，知道该看什么地方，不需要别人帮忙。他开价也算合适，两万四千整。”

“现金？”

乔·楚尔把杯子朝酒保一推，看着我说：“你最好再说一次，你在调查什么？”

“我只想知道他在哪儿，乔，我们一个共同的朋友请我帮个忙。”

“他那笔生意让我有点紧张，我和金碧先生说了我为什么紧张，他就去咨询了他的律师。总之不管艾伦的钱是从哪儿来的，不会有人来找我们的麻烦。”

“他的钱为什么让你紧张？”

“他的样子、举止不像有那么多钱的人，就是这个原因。但谁知道呢？我没问他哪来的这么多钱，说不定他是个古怪的金融大亨，也许他平时很省。他用五张银行本票付款，五家不同的银行，都是纽约的银行。有四张五千块，还有张两千五。剩下的部分，他用百元大钞付清。按照合约，船名改成他喜欢的，我们替他搞定文件，再解决一些小问题，没什么大事，把救生艇漆一漆，换一根锚链，这些事情。我们在忙这些事的时候，银行确认支票没问题，于是我和他在码头见面，把文件交给他，他把船开走。这家伙没有哪一刻不在笑。他一头卷发，颜色很淡，被太阳晒得白晃晃，一对小小的蓝眼睛，每时每刻挂着笑容。他买船的方式最终让我明白，他是给别人买，尽管船登记在他的名下。也许是什么避税的办法，因为银行本票是分散的，所以我这么说。他穿最好的衣服，但穿在他身上不像那么回事。”

“后来你再没见过他？”

“没见过他，他也没找过我。看来他是个满意的顾客。”

“照你看，他有多大？”

乔·楚尔皱起眉头，“很难说。要我猜的话，我说有三十八岁，但身材保持得很好，强壮又敏捷。他从船上跳下来，像只猫似的。我还在快手快脚地整理船头钢索，他已经把船尾的钢索和弹簧锁弄好了。”

我给乔买了第三杯酒，把他丢给他那群好朋友，自己走了。小艾伦的样子在我心中浮现，比之前显得更加令人生畏些。二月底，他带着些值钱的东西离开坎多岛，去纽约把这些东西换成了现金，全部或一部分，不管那是些什么东西。几周之后，他回到迈阿密，给自己买了一艘大船，再回到坎多岛，去找那个叫阿金森的女人。能回来说明他相当自信或鲁莽。一个有犯罪记录的人不该炫富，何况那里有个愤怒的女人可能会告发他。

然而，买船也是个明智的选择。他可以住在船上。买船的文件齐全，海岸警卫队一般不会检查这样一艘船，所以他不太可能面临难堪的询问。如果一个人能消遣一艘四十英尺长的大船，人们便认定他不是坏人。我早就发现，对各种离经叛道之徒来说，“缺角同花”是个惬意的总部。你可以避开大多数恶心虫，不必回答什么问题，让下一波海潮带你远去。

但是有一个问题，也许小艾伦意识不到。任何超过二十英尺长的登记奢侈品都会引来税务官员的浓厚兴趣。他们要查清楚这东西有没有逃税。艾伦那种现金交易也许会令佛罗里达州杰克森维尔某个小官员感兴趣，执着地想和游居海上的安布罗斯 · A.艾伦聊聊。

但首先，他得找到艾伦。

不知道我能不能抢先找到他。

我来到海湾道酒店。这家酒店在大陆上，规模不大、安静、低调而华丽。小小的大堂像个私家客厅。一个脸色苍白的服务员听了我的问题，然后溜进暗处，一去好久。他回来后，说安布罗斯 · A. 艾伦三月在这里住了五天，走的时候没留新地址。他登记时用的地址是坎多岛邮局。他住的是301房，酒店里最小的套间之一。我们互相笑笑。他优雅地用手遮住一个哈欠，然后我走出他隐晦的冷淡，走入迈阿密湿热、嘈杂的下午。

接下来是个选择题。我不想过快靠近小艾伦。在跟踪猎物的时候，你最好知道它吃什么、在哪儿喝水、睡在什么地方，它有没有什么危险的习惯，比如掉头袭击捕猎者。我不知道还有哪些问题要问，但我知道去哪儿寻找答案，凯西和她的妹妹、阿金森太太，也许还有堪萨斯的一些人。找一个戴维 · 巴里许久之前的战友也许会带来些有趣的发现，巴里中士显然发了战争财。此时已过四点，我一直在想该问凯西哪些问题，于是开车回房船。我把艾格尼丝小姐停在家门口，因为晚上我要驾着她去见凯西·克尔。

我脱得只剩游泳裤，在船顶忙了一小时，把上层甲板靠码头那边的破帆布拆下来，换上特别定制的尼龙布，再用绳子穿过铜环孔，绑在桅杆和甲板的绳栓上。太阳暴晒，汗如雨下。还差最后一个地方，我就可以把整层该死的甲板搞定，之后我要给甲板铺满树脂塑胶，看上去就很像柚木甲板了。也许，经过年复一年的辛勤劳作，每周忙活四十小时就能把船打理好。

这艘船是我在棕榈滩的一场朋友牌局上赢来的，一连打了三十个小时，累得要死。打了十个小时之后，我输得只剩桌上的钱，差不多一千二。在一局梭哈牌中，我先是拿了一对2，梅花2没开，红桃2开着。接下来三张牌是红桃3、7、10。这局只剩三个人，他们熟知我的套路，知道我没开的牌里一定有个对子，或者一张老幺或老K。其中一人打出一对8，还有一人用最后一张牌凑成了一对4。一对4看到一对8，于是跳过，我在当中，押了牌局上限的六百美元。一对8想了很久，最后断定我不是在唬人。因为我手头只剩那点钱，唬人太危险了。他断定我只是假装在唬人，想唬得他一开牌，发现我一手同花，没开的牌里还有一张老幺或老K压阵。所幸那两张牌在那一把里都没出现过。

他退出了。手上有一对4的那位其实有两个对子，最后也不情愿地下了同样的判断。我把桌上的钱拢过来，把我的牌遮起来扔给庄家，但原先盖着的那张牌却被手指碰翻，是黑桃2。那一刻，我知道他们会记住这副缺角同花，而且会为我之后的好手气埋单。这正是接下来的二十小时里所发生的，我拿了很多好牌，面前的钱越堆越高。在最后的几个小时里，我借了一万块给大输家，他用自己的房船作抵押。输光之后，我又借了一万给他，再输光，我借给他最后一万块，那艘船就归我了。然后他又想要一万块，还拿他的巴西情人作保，他的朋友们把他拽走，让他冷静冷静，牌局宣告结束。我以打开自己手气的那副牌命名到手的房船，卖掉了空间局促的“游荡者”。

忙完船上的活，我泡了个温水澡，配上一瓶冰凉的Dos Equis（多瑟瑰）——那无可比拟的墨西哥黑啤，然后换好衣服，迎接夏季的夜生活。黄昏刚至，莫丽·贝阿来了。她手握高脚酒杯，微醉而甜美，太阳把她晒得红嫩嫩的。她还带了个肤色黑亮、笑个不停的小妞来看我可爱的小船。爱笑的小妞叫康妮，她不是得州人，而是从新奥尔良来的，但也是那一类人，爱玩爱耍，活蹦乱跳，像个小女孩。她们之间的眼神与暗讽让我相信，她从莫丽·贝阿那里打听到我，对我完全认可，然后为了我和莫丽争风吃醋，最终取胜。她盘算好送莫丽回到泰戈那里，自己留在我的船上。我带她们绕船看了一圈，然后统统轰走，再把船锁上，到城里一家餐馆吃东西，那里的牛排卖给游客和本地人是一个价。我吃完就出发去“迈尔海滩”的巴哈马厅，主持人乔·米瑞斯为我们带来“夏季盛演”，节目有席兰·莫琳的摄魂歌声，以及苏琪·麦克考和她的岛屿舞团。

乔·米瑞斯是个土鳖，满腹黄段子和猥琐笑料。乐队是拼凑的，喧闹而无精打采。席兰·莫琳的声音甜美、真切、平常，表情动作呆板僵硬，而裹在潮湿的蛛网般的紧身衣里的，是傲人的42-25-38身材。但苏苏和她的六人组更棒，苏苏设计服装、灯光，负责编舞和排练，严格筛选女孩，无情地训练她们。她们一晚跳三场，观众冲她们而来。经理亚当·提保清楚这一点。

一张票差不多两块五，八点的演出大概有七十个客人。我在吧台尽头的高脚凳上坐下，试着忽略米瑞斯和莫琳，全神贯注于所谓的“岛屿舞团”。她们七个人穿的所有衣服，大概能缝成一顶圆礼帽。迷离的蓝色光线下，我看见凯西·克尔与其他人保持完美一致的节奏。她的脸上挂着呆滞的微笑，她的身体苗条灵巧、轻盈、结实而敏捷。好的舞女身上没有赘肉，她们没有多余的地方，也没有时间长肉。她们奋力跳着，久经锻炼的金色肌肉泛着光芒。如往常一样，无精打采的乐队尽其所能为苏苏的舞团伴奏，而苏苏的编舞成了对海滩俗套表演的巧妙讽刺。

八点的演出过后，我递了张纸条给凯西，然后到酒店的咖啡厅去。五分钟后，她穿着一件素色的上衣、一条便宜的裙子，化着厚重的舞台妆来找我。我们坐在角落的桌边。透过玻璃墙，可以看见被灯光照亮的泳池和晚间来游泳的人。

“我打算试试，看能不能做些什么，凯西。”

那双褐色的眼睛仔细地扫过我的脸，“很感谢你，麦基先生。”

“崔维，崔维斯的简称。”

"谢谢你，崔维。你觉得有什么能做的吗？"

"我不知道，但我们得有约在先。"

"比方说？"

"你父亲藏匿了一些东西，被小艾伦找到了。如果我查出那是些什么东西、从哪儿来的，也许得把它们归还给什么人。"

"我不想要任何偷来的东西。"

"如果我能拿回什么，凯西，我会先从里面扣掉我的花费，然后和你分剩下的部分，对半。"

她想了想，"我觉得这挺合理。不这么做，我也一无所有。"

"但这个约定你不能告诉任何人。要是有人问起，就说我只是你的一个朋友。"

"也许你就是我的朋友。但如果你拿不回任何东西，你的费用怎么算？"

"这是我的风险投资。"

"只要最后我不欠谁就行。老天啊，我已经到处欠钱，还欠苏琪一些。"

"我想问你几个问题。"

"尽管问吧，崔维。"

"你知不知道有谁和你父亲一起服役？"

"不知道。其实，他本来想开飞机。他报名空军，但岁数太大，还是学历不够什么的。他是1942年入伍的，离家那年我六岁。他在得州的某个地方受训，最终进了……空运之类的部门。"

“ATC[1]？空中运输指挥部？”

“就是这个！没错。他就这样搭上了飞机，不是驾驶，而是搭乘一架飞机。估计他是机组组长，在中国、缅甸、印度[2]一带上空飞。他干得不错，因为他去了之后，我们就收到津贴，每过一阵就有上百美元的汇票寄来，有一次一下来了三张。我妈尽量存着，等他回来，现在看来，当时她真是做对了。”

“但你不认识他的战友？”

她皱起眉头，若有所思，“他的信里有时会提到人名。他不常写信。我母亲保留了那些信。我不知道她去世之后，克里斯蒂有没有把信扔掉，也许还在家里。有时候信里会提到名字。”

“明天你能和我开车过去看看吗？”

“行吧。”

“我想见见你妹妹。”

“为什么？”

“我想听听她对小艾伦的看法。”

“她会说，她早就叫我当心他。她不怎么喜欢艾伦。我能不能告诉我妹妹你在帮忙？”

“别，最好不要，凯西，跟她说我只是一个朋友。我会想办

---

1 Air Transport Command。

2 中缅印战区是“二战”中美军的一个重要作战区域，最高统帅是蒋介石，参谋总长为史迪威，作战部队包括中国远征军、飞虎队、建造中印公路的工程兵等。

法让她谈谈小艾伦。”

“她能让你了解些什么？”

“也许没什么，也许能说出些你没注意到的东西。”

“能见见戴维也挺好。”

“小艾伦因为什么坐牢？”

“他说那是个天大的误会。他参军入伍，准备以此为业。他待在军需部，在有船的部门，就像海军。但他们的船是小船，他负责救生艇。然后他转去补给部门，到了1957年，他被抓起来，因为倒卖政府物资给民间公司。他说他是卖了一点，但没有他们说的那么多。他们把事情全怪在他头上，开除他的军籍，把他扔进莱文沃思监狱关了八年。但他待了五年就出来了。他在里面是我爸爸的狱友，他说他想帮我们，我爸爸如果在世也会让他来。这就是他对我们说的谎话。”

“他是哪里人？”

“比洛克希[1]附近的。他在船上长大，所以军队把他安排到船上。他说他老家没有亲戚了。”

“后来你就爱上他了。”

她露出古怪又苦恼的表情，“我不知道那是不是爱。我不想让他那样占有我，就在家里，我母亲还在世，戴维，还有克里斯蒂的两个小孩也在。很丢人，但我不能自制。回过头看，我无法想

1 密西西比南端的小城，紧邻墨西哥湾。

象。崔维，我有过丈夫，在我丈夫之外有过另一个男人，还有小艾伦，但我丈夫，还有另一个男人与小艾伦不一样。我不知道该怎么和不熟悉的人说这个，太丢人了，但说出来也许能帮你了解他。头几次，他强迫了我。他会变得温柔深情，不过那是在事后。他会说对不起。但他像动物一样扑倒我，很粗暴很频繁。他说他一直如此，好像不能控制自己。过了一段时间，他改变了我，所以我不再觉得粗暴，我也不在意他多么频繁，或是在什么时候推倒我。这一切变得像一场无法醒来的梦，我浑身绵软，像在梦里，觉得自己很蠢，却很满足，不管别人怎么想，只在乎他要我，我也要他。他是个强悍的人，我们在一起的时候，他从没消停过。我觉得如果这么对待一个女人，她会陷入恍惚，因为实在太猛烈了。我没法让他停下，最后也不想让他停下，因为你已经习惯生活在恍惚中。后来，他回来和那个阿金森太太一起住，我忍不住想……”她颤抖着，像只湿透的小狗，然后羞愧地笑了笑，说，“这么容易就当了回傻瓜。他在找我爸爸藏起来的东西，只是顺手玩弄了我。我还一直以为他喜欢我。”她看了看咖啡厅的时钟，“我要去准备下一场演出了。明早你想什么时候出发？”

“我九点半来接你怎么样？”

“我还是去你的船上找你吧，如果你觉得方便。”

“我没问题，凯西。”

她正要起身，又坐下来，轻快地碰了下我的手背，很快收回手指，“别伤到他。”

“什么？”

“我不想显得自己找人去弄伤他。我的脑子里知道他是个坏人，罪有应得，但我的心不想让你伤到他。”

“好，除非万不得已。”

“尽量不要万不得已。”

“这个我可以保证。”

“这就够了。”她昂起头，“也许你很聪明，但他很狡猾，动物的狡猾。你知道其中的区别吧？”

“知道。”

她再次触碰我的手，“你要小心。”

Cuatro

凯西·克尔拘谨地坐在艾格尼丝小姐的真皮座椅上，坐在我身边。我们一路向南，穿过佩林、纳兰贾和佛罗里达城，然后穿过洛克港，再开过一座桥，进入坎多岛。她给我指出一条小路的时候，想见孩子的渴望表露无遗。沿着小路过去一百码[1]，是狭窄的车道入口处的石柱，车道通向临海的老房子。房子是用黑柏和硬松木盖的，像个萎靡、饱经风霜的老妓女，安逸地靠在木桩上，准备承受扫荡而来的飓风。

一帮黝黑的小孩从一间小棚屋的角落大嚷着向我们跑来。他们站定之后，我发现只有三个小家伙，他们都有着淡黄色头发的家族特征。凯西对他们使劲地又亲又抱，然后指给我看哪个是戴维。她拿出三个红色的棒棒糖，他们便舔着棒棒糖，大呼小叫地跑开。

1 一码约等于0.9米。

克里斯蒂从屋里出来。她比凯西更黑、更胖，穿着一条露膝的褪色牛仔裤，一件男式白色T恤，肩膀上破了个洞。她拍拍头发，慢慢走向我们。她身上完全没有凯西舞女的轻柔风姿，却是个有着奇特魅力的女人，缓慢而深沉，表情性感撩人。

凯西介绍我们认识。克里斯蒂站在原地，光滑的皮肤下，透出一股温暖而慵懒、略带沉思的气息。她身上的气息来自质朴简单的性状态，她们为了适应环境、生儿育女而调整到这种状态，最终获得了难以置信的身体上的自信。这样的女人往往安于粗陋的外表，甚至可以说邋遢，不把仪态的细节放在心上。她们喜欢慢慢享受食物、熟睡、孩子和爱抚。她们身上有种微不足道的庄严，就像风骚而尊贵的母狮子。

她吻了吻姐姐，揉搓她裸露的手臂，说很高兴见到我，进来吧，里面有刚煮的咖啡。

屋里到处都是贝壳、破玩具、衣服和面包屑，相当凌乱。客厅里有一张磨损的草毯，以及硕大的维多利亚式家具，家具深色的木头上满是刮痕，褪色的布套沾着污渍。她将咖啡倒在白色马克杯里，咖啡又黑又浓又美味。

克里斯蒂坐在沙发上，那双棕色、有伤痕的腿盘在身下。她说："我在想，劳拉丽 · 哈茨想找事做，一星期给她二十五块，她可以白天过来。说不定我就可以去'加勒比'做服务员，每星期赚四十五块，但这样就得来回跑，而且花园里的东西长势不错，上个星期我卖螃蟹给格斯又赚了六块，所以出去工作不一定划算，你寄来的钱也够用。只是有些时候太孤单，除了小孩，没人说话。”

“税金你交了吗？”

“我自己去交的。欧尼先生教我怎么计算，从交税的第一天开始，每天要加百分之零点五。收据我放到面包盒里了，姐。”

“克里斯蒂，工作及其他的事，你觉得怎么办都行。”

她冲着凯西露出奇怪的笑容：“马克斯经常过来。”

“你之前还准备轰他走。”

“我还没想好。”克里斯蒂说，然后审视着我，“你们在一个地方上班吗，麦基先生？”

“不，我是通过苏琪·麦克考认识凯西的。我有事路过这里，心想凯西可以顺路回趟家。”

凯西突然说：“爸爸从军队里寄来的信，你整理妈妈遗物的时候把它们扔了吗？”

“应该没有。你要那些信干吗？”

“就是想再看看。”

“要是它们还在的话，只可能在后面卧室里的半圆顶柜子里，可能在最上面的抽屉里。”

凯西起身去找。我听见她轻快的脚步声在木头台阶上回响。

“你和她在一起？”

“没有。”

“你结婚了吗？”

“没有。”

“法律上讲，她和克尔还是夫妻，但她可以宣称遭人遗弃，六个月内就能脱离关系。她很坚强，也很漂亮，又勤奋。现在她受了伤，但如果有人能让她开心，她会焕然一新。她是个有情有爱的女人，开心起来又唱又笑。”

“我猜是小艾伦伤害了她。”

她很惊讶，“他的事你都知道？”

“大部分吧。”

“她一定是喜欢你，才会告诉你。凯西比我大，其实却比我小，她不会看人。当时我想把他轰走。虽然他一直带着笑容，眼睛里却没有笑意。然后他搞上了凯西，搞得她没法思考，那时候再想轰他走已经晚了。他一有机会就对我毛手毛脚，我骂他，他还笑我，此时告诉凯西这些也太晚了。我知道他在找什么东西，但不知道他找的是什么、那些东西可能在哪儿。麦基先生，他这么对凯西很恶毒，让凯西无比需要他，然后一脚踹开她。对凯西来说，他最好再也别靠近这里，但他带着我们的钱回来，搬进一个有钱的女人家里住，而且谁都动不了他。”

“报警？”

“警察？不管他搞到手的是什么，那些东西本就是偷来的。警察对巴里家的人从没干过好事。如果你爸爸死在监狱里，警察不会对你有好感。”

“艾伦上一次来这边是什么时候？”

怀疑让她平和的脸庞紧绷起来，“你该不是警察之类的人吧？”

“不是，绝对不是。”

怀疑退去之后，她点了点头，“他来来去去的，一会儿带她上船，一会儿住她家里。大概一个月前，有一天船不见了，把她一个人留在那里。房子外面挂上了出售的牌子，她基本上待在房子里面。他们说她开始酗酒，所以小艾伦也许真的走了。”

“对凯西来说，也许走了更好。”

“他让凯西没脸见人。大家知道发生了什么事，他们知道克尔甩了她。小艾伦骂她，其他人也听到了，然后笑话凯西。我狠狠地抓坏了一个人的脸，他们就不敢在我面前笑她了。凯西现在最不需要的，就是更多的麻烦。你记住了，我觉得她经不起任何一丁点的麻烦。”

“我没打算给她找麻烦。”

“她现在看起来很好，瘦得像个小女孩。”她叹了口气，“我，我好像就一直横着长。”

凯西抱着一个用橡皮筋捆住的、压扁的白色盒子走下来，踩得楼梯嘎嘎作响。“信在最下面，”她说，“还有这张照片。”她给克里斯蒂看看，然后拿给我。那是一张快照。一个强壮的男人坐在一幢老房子门廊台阶的顶端，咧着嘴笑。一个安静漂亮的女人穿着碎花裙，坐在他身旁。男人双手搂着一个淡黄色头发、眯着眼睛的女孩，五岁上下的样子。小女孩靠在他身上。一个更小的女孩坐在她妈妈的腿上，手指塞在嘴里。

“往事……”凯西惆怅地说，“如果当时有人过来，告诉我们全家人将来会怎样。你说，那样能不能改变什么？”

“我希望现在就有人过来，”克里斯蒂说，“给我们透露一点消息。我们该时来运转了，姐。咱俩都是。”

我站起来，“我去办事，回来的时候接你，凯西。”

“要等你一起吃午饭吗？”克里斯蒂问。

“不用了，我不知道要忙多久。”

坎多岛的城区是一片宽阔地带，一条高速路从中穿过。城区位于岛西南端的跨海桥附近，1960年人们让它焕然一新，建造了现代化的加油站、滨海汽车旅馆、餐厅、礼品店、航海用具店、船坞和邮局。

我在巨大的埃索加油站里停车，加油站经理在柜台后面填库存清单。他弯腰驼背、满脸皱纹、形容枯槁，一头看似布满灰尘的黑发，他叫洛罗·乌提斯。他招呼我，带着售货员惯有的审慎目光。

“乌提斯先生，我叫麦基。我想了解一下一个叫安布罗斯·艾伦的人眼下在什么地方。我们的记录显示他为你工作了几个月。”

“小艾伦，没错。他在这儿工作过。有什么事吗？”

"例行公事而已。"我从钱包里取出一张纸，看了看，又放回去，"三月份他在迈阿密海湾道酒店，有一张两百一十二美元二十美分的账单没付清。酒店把这事交给我所在的机构去处理，他当时登记的地址是坎多岛。"

他咧嘴一笑，露出满口坏牙，"大概是小艾伦先生疏忽了。你要是碰到他，说不定他掏出身上的零钱，就把账还了，还会给你一大笔小费，麻烦你跑了这么一趟，先生。"

"我不太明白你的意思，乌提斯先生。"

"他二月份从这儿辞职，然后突然间发了大财。"

"他继承了遗产吗？"

"这不好说。大家对他的钱有不同说法。他走了一个月，然后开着一艘自己买的大游艇回来，穿着新衣服，带着银币那么薄的金表。要我说，是一个女人给了他钱。他是那种能让女人想都不想就为自己做事的男人。他一来这里，就搬过去和巴里家的姑娘一块住，真像那么回事。那时候她们的老妈还在世，去年的事。她们运气很差，两人都是。凯西是个非常好的小姑娘，但艾伦很快就搞上了她。艾伦有钱了，就把她甩掉，搬到阿金森太太家里。她以前是这里的老顾客。我以为她绝对不会接受这种事，但她接受了，也让我丢掉了一个顾客。天知道艾伦现在在哪儿，但也许阿金森太太知道，如果你能让她和你谈谈艾伦。我听说她对这事很敏感。这边的人恐怕有一个多月没见到小艾伦了。"

"他是个让你满意的员工吗，乌提斯先生？"

“如果不满意，我不会留他。是啊，他干得不错。他是个手脚麻利的人，能帮上不少忙，也很会修东西。这一行喜欢他这样的人。他总是面带笑容，也总会给自己找事情做。他对女顾客，好看的那些，也许有点过于殷勤了，喜欢搭讪，但没人投诉。说实话，他辞职我很遗憾，这年头，找的人都不愿干活。”

“在钱方面，他靠得住吗？”

“我觉得没问题。他走的时候，没欠任何人钱。就算欠了，他回来的时候也一定能还清。我觉得他是从阿金森太太那里搞来的钱。如果真是这样，那是阿金森太太的问题，不关我的事。”

“在哪儿能找到她？”

“看到路边房产中介的大招牌了吗？走到它后面右拐，一直走到海边，再向右拐，右边第二幢房子就是她家，一幢又低又长的白房子。”

在我看来，她的房子属于那种冷漠的佛罗里达住宅，全都是瓷砖、玻璃、磨石子地面加铝合金，就像冰冷的外科手术。每一幢房子仿佛只是一处复杂的过道、一条长廊、一个入口，通向永远无法建成的温暖与私密之地。停在这些门前，你会感到自己在等待。你感到一扇门会打开，召唤你进去，经受骇人的遭遇才会被放走。这些房子没有一点家居生活的味道。搬空之后，它们给人一种血迹刚刚被冲刷干净的感觉。

院子里，干枯的杂草遍布。一辆脏兮兮的白色“雷鸟”停在双车车棚里。一块白底红字的牌子立在院中，上面说，杰夫·波卡乐意向任何人出售这所住宅。我站在大门前，用拇指按下塑胶按钮，听见屋里响起铃声。我听见凉鞋踩在瓷砖上，由远及近，发出微弱、急促的“吧嗒”声。白色的大门猛地甩开，我对阿金森太太的想象彻底烟消云散。

她是个又高又瘦的女人，大概三十出头。她的皮肤极为细腻，像小孩或模特的皮肤那样半透明。曼妙修长的双手、柔美的手腕、浮动的黑发，还有丰富敏感的瘦长脸庞，令她在粗陋的人类中显得太美好、太高贵、太精致。她有一双大眼睛，深色的双眸，眼角上翘，两眼分得很开。她穿着深色的百慕大短裤、凉鞋、清爽的蓝白上衣，不戴任何首饰，抹着淡淡的口红。

“你是谁？你想干吗？你是谁？”她的声音轻而快，紧绷着，嘴唇在颤抖。她似乎处于情绪崩溃的边缘，正竭力自持。她身上散发着浓郁的白兰地味和不稳定感，她的眼睛快速游移，无法聚焦。

“阿金森太太，我叫崔维斯·麦基。”

“是吗？是吗？你想干吗？”

我表现出友善的样子，这个我很在行，我的面相对此很有帮助。我有一张古铜色的美国人的脸，眼睛明亮、牙齿洁白闪光、脸庞宽阔、棱角分明、令人信赖，眼角带着民间英雄式的皱纹，必要的时候，还会露出羞怯动人的笑容。有人曾对我说，我暴怒起来像个地狱来客，这我就不知道了。在自我想象中，我一直把自己看作西部片里那个英勇无畏的工程师，身处险境、肩中毒箭，依然将桥梁架到河上。

于是我表现出友善的样子，物尽其用。很多银行劫匪的样子相当令人信赖，所以你得用自己的脸变出不同的脸，扮演各种角色，见缝插针。于是，在你的一生之中每一天与每个人的每一次交流中，你察觉他们想要你什么样，你就变成什么样，或者，如果你有相反的动机，就变成他们不想看到的样子。做不到这点，你就无处可藏。

“我只是想和你谈谈……”

“没有预约不看房。当初是这么说好的，对不起。”

她们就读史密斯、瓦沙、韦斯利等名校之前，就在家里学会了这样的语调和措辞。

“我想和你谈谈小艾伦。”

我可以想象出五十种可能的反应，但她的反应与所有的可能相距甚远。她的眼睛钝了下来，窄窄的鼻孔翻起，嘴巴张开，似乎在作呕。她失去了仪态，丑陋地站着。“就是这事，嗯？”她拖长了声音，“没问题。我是赠品吗？还是你打算付钱？”她转身跑开，跑到客厅尽头左转，滑了一跤，差点跌倒。视线之外的一扇门嘭地关上。我站在寂静里。接着传来模糊的干呕声，微弱、遥远，饱含痛苦。正午的太阳灼烧白色的房子。我踏进房子的暗影，空调的凉风吹来。我关上大门。

她还在呕吐。我迅速而安静地穿过房子。这里和克里斯蒂的房子一样乱，但乱得不一样，玻璃杯、肮脏的烟灰缸、没碰过的食物、衣服、砸坏的东西。但你不能责怪这冰冷的房子，用消防水龙头冲上三十秒，它就湿淋淋的，干净透顶。这里没有其他人，她像一只生病、脆弱的动物穴居在这幢大房子里。

我听见水声，便敲了敲紧闭的门。

“你还好吧？”

里面传来难懂的嘟哝，似乎是要我放心。我在房子里走来走去。这地方让我不舒服。厨房里有一台硕大的洗碗机。我找了一个大托盘，把房里四处的玻璃杯、碟子和茶杯收起来，一共跑了三趟，还把变味的食物扔进垃圾桶。家庭主妇麦基。让洗碗机转起来之后，我感觉好点了。

我回到门边，听里面的动静，没有声音。

“你在里面还好吧？”

门开了，她走出来，靠在洗手间外的墙上。她的脸苍白得吓人，眼圈更加乌黑。“你要搬进来吗？”她平淡无味地说。

“我来这里只是想……”

“今天早上我看了看自己，心想改变总得有个开始，所以我把自己弄得干干净净。我洗了头发，到处擦啊擦，换了床单，还找到一个放着干净衣服的抽屉，神奇吧。所以说，你走运了，对吧？时机正好，如果你喜欢干净的开始。”

“阿金森太太，你可能不……”

她朝我抛了一个病态的媚眼，笨拙地摆出一副吓人的淫荡模样，“你应该知道我的各项特长吧，亲爱的。”

“你听我说行不行！”

“估计你不介意我先喝一杯吧。喝点东西，我会好很多。”

“我这辈子从没见过小艾伦！”

“我希望他告诉过你，我变得很瘦，还有……”她收起淫荡又笨拙的样子，瞪着我，“你说什么？”

“我这辈子从没见过小艾伦。”

她用手背抹抹嘴，“你找我干吗？”

“我想帮你。”

“帮我什么？”

“你自己说的，改变总得有个开始。”

她瞪着我，先是莫名其妙，然后是赤裸裸地怀疑，最后，慢慢地，终于相信了我。她转过身，垮下去，我没来得及抓住她，她就跪倒在地，膝盖骨撞在磨石子地面上，发出疼痛的响声。她弓着身子，沿护墙板滑下，来回地搓脸，开始哀号、尖声抽泣、咳嗽。我把她扶起来，一碰到她，她就剧烈抖动。她的身体太轻了，我抱她进卧室，把她放到新铺的床上、伸展开，她的抽泣戛然而止。她变得像干柴一样僵硬，抿着没有血色的嘴唇，呆滞的双眼凶狠地盯着我。我帮她脱掉凉鞋，盖上床罩，拉下百叶窗。那双无助的眼睛始终跟随着我。我拿了把椅子进来，放到她的床边，坐下来，拿起她冰冷、修长而脆弱的手，说：“我没有骗你。你叫什么名字？”

“露易丝。”

“好，露易丝。哭吧，用力哭，全哭出来，随它去。”

“我做不到。”她低声说。突然，她又哭起来。她抽回手，翻过身，把头埋进枕头，声嘶力竭地抽泣。

该怎么做，不该怎么做，我只能冒险猜一下。我的把握取决于我对孤独以及孤独之中的亲密需求的了解。我轻拍她，完全不带感情，就像抚慰一只受惊的动物。一开始，最轻微的触摸也会让她抽搐。过了一会儿，只有微颤，最后微颤也消失了。她哽咽着，终于精疲力竭，蜷着身子睡去。

我在房里找了一番，找到她的钥匙。我锁上门，把她留在昏暗的房间里，然后查了一下汽车班次，便出了门。我来到凯西家，带她去等车的地方，她可以坐车准时返回。我和她说了一点情况，告诉她我必须留下。她完全理解。

Cinco

医生名叫雷米瑞兹，看上去像瑞典人。他花了很长时间诊断她。

之后，走出来，坐到早餐台前，喝我煮的烂咖啡。

“她怎么样？”

“你怎么会在这里，麦基？”

“我只是过来问她些事，说着说着她就崩溃了。”

“助人为乐，嗯？”

“算是吧。”

“应该通知她的家人。”

“要是她没家人呢？”

“那就得把她送进看护机构。她的经济状况怎么样？”

“我不知道。”

“好房、好车。”

“医生，她出了什么问题？”

"有好几个问题。营养不良，加上酗酒，所以她有幻听，但严重的情绪冲击是这两种症状的成因。"

"能恢复吗？"

他敏锐地看了我一眼，"还行。现在她只剩一点点勇气和一丁点自尊。让她尽量多吃东西，强壮起来，保证充足的睡眠，还要让把她弄成这样的人离她远点。"

"一个男人能把女人弄成这样？"

"如果是特定类型的男人对她这样的女人，是可能的。比如之前和她住在一起的男人。"

"你认识他吗？"

"不认识，但听说过他。他先是和凯瑟琳·克尔在一起，然后又搭上这位。不同的社会阶层，嗯？"

"可以让她谈谈艾伦吗？"

"如果她愿意。能够信任别人，对她有好处。"

"真不知道发生了什么。"

"发生了她无法接受的事，让她活不下去的事。"

"活不下去？"

"麦基，我觉得，说你救了她一命也不为过。"

"但她不一定会信任我。"

"也许她不会再信任任何人，永远。这也是一种心理失衡。我看她不适合再待在这里。"

"她什么时候可以走？"

“明天这个时候我会再过来一趟，到时告诉你。每四小时给她吃一粒这个。你能留在这儿吗？”

“可以。”

“鸡蛋酒、浓汤，每次喝一点，她能喝多少就多少。如果她情绪失控，就给她吃一粒这个。劝她多睡觉、多说话。明天我们谈谈请护士的事。我看她身上受过虐待，不过她的体质还好。”

“我待在这儿，会有人找麻烦吗？”

“你们都是成年人了。你看上去也不傻，麦基，你的样子不像那种白痴罪犯，会想在她这副样子的时候和她做爱。我相信你，这样比较省时间。要是有人不喜欢这个安排，就说是我提的。”

“光是家务就够我忙的。”

“她精疲力竭，估计会睡上好一阵子。她醒过来的时候，有人在身边比较好。”

在她沉睡之际，我把所有的脏衣服和被单收拾起来，送到城里去洗，还买了日用品。我回来的时候，她保持着几乎一样的睡姿，发出平稳的鼾声，轻得几乎听不到。我一直忙到傍晚，才把整幢房子收拾干净，其间不时进去看看她。

忙完之后，我走进卧室，她低声惊叫了一下。她坐在床上，我打开灯，她的眼睛瞪大，眼神恍惚。

我小心待在离她十英尺的地方，说：“我是崔维斯·麦基。

你病了。雷米瑞兹医生来过，明天还会再过来。我会待在这里，保证你的安全。”

“我感觉一切都好遥远。我什么梦都没做。除非……除非这是场梦。”

“我去给你做点汤，再拿一粒药给你。”

“我什么都不要。”

我把灯光调得更舒服些。她看着我。之前我已经查看过放东西的地方，于是我找来一件舒适的睡衣和一件香港丝绸的长袍，放到床尾。

“如果你还有力气，露易丝，我做汤的时候你洗个澡、换好睡衣，上床休息。浴室已经弄干净了。”

“这是怎么一回事？你是谁？”

“麦基修女。什么都别问，听话就好。”

我热上罐头汤，加了点乳脂，让它更香浓，再给她烤了片黄油吐司。我回到房间，看见她靠在床头。她穿着睡衣和一件外套，扎起蓬乱的黑发，擦去最后一抹口红。

“我在抖，”她的声音弱小而胆怯，“可以喝点东西吗？”

“那喝点汤、吃点吐司怎么样？”

“再来点汤吧，吐司就算了。”

“能自己吃吗？”

“当然。”

“吃药吧。”

“是什么药？”

“雷米瑞兹医生说是一种轻度镇静剂。”

我在她身旁坐下。她用汤匙舀汤。她的手在颤抖，指甲虽然干净但已断裂。在她纤细的喉咙一侧，有一处暗黄色的旧伤。她十分在意我看她，于是我试着闲聊。根据麦基的抽象理论——我的游客理论：每个跨过州界进入佛罗里达的俄亥俄人都应该在后腰挂一个金属盒，每隔九十秒发出一声铃响，盒子顶端的开口就吐出一美元。离他最近的本地人将钱取走，消费的问题就迎刃而解了。那些几百个游客挤在一起的地方，铃声会叫个不停。

逗她开心并非易事。她离崩溃仅一步之遥，我最多只能让她浅浅一笑。她喝下了三分之二的汤，咬了两口吐司。我把食物搁到一边。她滑下去一点，打起哈欠。

“还喝吗？”

“稍等一下。”

她张口说话，迷离的眼睛闭了起来。片刻之后，她的嘴巴松开，睡着了。睡梦中，她浑身的紧绷感消失了，令她看上去更年轻。我关上卧室的灯。一小时后，电话响了。有人向我们推销马拉松高地上的一块超值的建筑用地。

她入睡之后，我开始搜寻她的个人资料，最后在客厅的一排书后面找到了旧式的铁盒，用回形针一撬就开。出生证明、结婚证、离婚证、保险箱钥匙、家庭杂物、收入证明。我把这堆东西摊开，从中拼出她现在的状况。三年前，她接受了离婚协议，房子是协议的一部分。她的收入来自康涅狄格州哈特富一家银行里的家族基金，她每月从里面取七百美元多一点，但不能动本金。她娘家姓费里拉，她有个哥哥住在纽海文，叫D. 哈珀 · 费里拉。大厅过道的桌子上有一大摞未拆封的信件。我看了一遍，发现许多人叫嚣着要她付账。我还找到她五、六、七月份的基金收入，全都未拆封。客厅里有个固定的定制书桌，她的个人支票簿放在第一个抽屉里。她有一阵子没清账了，我估计她的户头里还有几百美元。

九点半，我打电话给在纽海文的D. 哈珀 · 费里拉，接电话的人说他病了，不能听电话。我说我想和他太太说两句。他太太的嗓音轻柔悦耳。

“麦基先生，露易丝应该和你说了，哈珀几个月前心脏病发作，非常严重。他已经回家待了几个星期，但还要调养很久。说真的，我觉得露易丝起码应该过来看看，哈珀是她唯一的亲人，你知道吗？我一直很奇怪为什么她一点消息也没有。如果她遇到什么麻烦，需要帮忙，我们只能希望事情顺利。眼下我们实在帮不上什么忙，我们家有三个孩子在上学，麦基先生。我都不想和哈珀提这事，不想让他再操心。我一直骗他说露易丝打电话来问候，说自己一切都好。”

“她的情况如何，该做些什么，再过几天我会更清楚。”

“我知道她在那边有些不错的朋友。”

“最近没有。”

“什么意思？”

“她最近没和这些不错的朋友来往。”

“合适的时候，请她给我打电话。我会担心她的，但爱莫能助。我不能不管哈珀，所以没法让她住过来。”

他们帮不上忙。对于我是谁，她似乎很不在意。我感觉这两个女人相处得不是太好。所以，等人来接手是没指望了。我被困在了这里，暂时。

我在她隔壁的卧室里铺了张床，把我的门和她的门都开着。半夜里，打碎玻璃杯的声音将我吵醒。我穿上裤子，跑出去。她的床空着。睡衣和外套在床边的地板上，睡衣被撕破了。

她在厨房的吧台旁，在酒瓶中乱摸一气。我打开刺眼的日光灯，她赤身裸体地站在被打翻的酒和碎酒杯中，眯眼看着我。她看着我，却不认识我。“芳嘉在哪儿？”她大喊，“那婊子呢？我听到她在唱歌。”

她生得很美，但瘦得可怕。她的骨骼在光滑的表皮上顶起，肋骨清晰可见。除了干瘦的臀部与胸部，她身上所有的脂肪都已燃尽，长期的饥饿让她的腹部微微浮肿。我把她从厨房里弄走，她奇迹般地没有划伤脚底。她拼命挣扎，力气大得惊人，一边哀号，一边还想抓我、咬我。我把她放回床上，等她消停，给她吞了另一种药，很快见效。我关上灯，坐在她身旁。她紧紧抓着我的手腕，抗拒着药力。她滑入睡眠，又挣扎回半清醒中，还发出许多我听不懂的呓语。她时而和我说话，时而陷入恍惚。

有那么一次，她用成熟、自尊而愤怒的语气异常清楚地说："我不干！"片刻之后，她重复了一遍。但这次是一个担惊受怕的小孩子的声音，口齿不清，细若游丝。"噢，我不干！"两者的对比几乎让我心碎。

她终于睡着了。我打扫厨房，把剩下的酒藏好，然后回去睡觉。

第二天早上，她变理智了，甚至有点饿。她吃了黄油乳脂炒蛋，加一小片吐司，然后睡了一会儿。醒来之后，她想和我谈谈。

"我很傻，一开始的时候。"她说，"你一年到头住在这地方，想让当地人喜欢你，于是表现得可亲可近，毕竟这里是个小社区。当时他在加油站工作，一副兴高采烈、讨人喜欢的样子，只是有那么点放肆。要是我一开始就制止他……但这种事我不太擅长。我想，我一直是个羞怯的人，不喜欢抱怨。那些非常自信的人，他们出现的时候，我觉得自己不知道该怎么应对。就是他说的那些话，他看我时的样子，然后有一次在加油站，我的车篷是放下的，他站在驾驶座的门边，把手放在我的肩膀上，没人看见。我请他不要这样，他就笑起来，把手拿开。这之后，他越来越放肆。但我从没投诉过他，只是决定不再去那里加油，后来就没去过。然后有一天，我去市场，出来的时候看见他坐在我的车里，很有礼貌地问我能不能带他去加油站。我说可以。我以为他会做些什么，不知道是什么。要是他真做了，我会停车，叫他下去，毕竟是在大白天。我刚坐进车里，关上门，开动汽车，他就靠过来……把手放到我身上，还对我笑。这真是……真是无法想象，崔维，太可怕、太意外了，我僵住了，觉得自己要晕过去。人来人往，但他们看不见。我动不了，说不出话，甚至想不出该怎么做。我这样的人容易反应过激，我推开他，对他大叫，让他下去。他慢悠悠地下车，一直在笑。然后他又探进车里，说什么要是他有钱，我就会对他好点。我告诉他，他有多少钱都没用。你知道吗？他那头白色卷发、棕色的脸和蓝色的小眼睛让人恶心。他说，等他有钱了会回来，看看我怎么对他，诸如此类的话。”

她说这些话时，显得有条不紊，不过这属于例外。至于其他部分，她的思路不够清晰，叙述更为随意。但她是个心智健全的人，而且颇有见地。有一回，她昏昏欲睡，阴郁地看着我，说：“我这样的人大概有很多，我们的反应要么太快，要么太慢，要么根本没有。我们是神经质的人，似乎并不属于这个世界。我们是受害者，也许。小艾伦那种人对自己太有把握，也对我们太有把握。他们知道如何玩弄我们，如何让我们反应不及就身不由己。”她皱起眉头，“而且，他们好像本能地清楚如何操纵我们隐秘的欲望，让我们落入他们的支配。我想在这里有自己的生活，崔维，我很寂寞。我想表现得友善，我想有所归属。”

下午，我刚逗她尽量多吃下些东西，雷米瑞兹就来了，帮她做检查。

他对我说：“歇斯底里的情况好些了。人是一种复杂难解的机体，麦基。她的体力用尽，只有神经还在活动，但也快耗不动，该休息一下了。你可能想不到，但她的神经异常活跃。”

我说我联系了她的家人，还说了半夜的角力。

“她可能还会激动起来，但也许会好一些。”

“把她送到疗养中心呢？”

他耸耸肩，“如果你受够了，可以。但待在家里对她更好，恢复得更快。但她可能会对你产生情感依赖，如果她慢慢把事情向你说出来，尤其如此。”

“她已经说了一些。”

他瞪着我，“你为她做了这么多，真奇怪。”

“出于怜悯吧。”

“最危险的陷阱之一，麦基。”

“接下来会怎样？”

“等她慢慢恢复过来，她会变得平静、没精神、昏昏欲睡。还有依赖。”

“你说过，要让她离开这里。”

“明天我再来看看她。”

那个周四的下午，积雨云堆得老高，漫长而寂静的闷热之后，风刮来，大雨倾盆而下。雨声吓坏了她。她听到雨中有一百个人又说又笑，仿佛鸡尾酒派对的来客塞满了空洞的房间。她激动得无法自控，我只好又给她吃了一粒镇静药。天黑之后她醒来，汗水浸湿了床单和被褥。之前我找到了最后一套干净床单，换床单的时候，她说她有力气去洗个澡。我听见她叫我，声音微弱。她瑟缩在浴室的地上，浑身湿透、光溜溜的，面色枯黄，如同死亡。我把她裹进一件黄色的大浴袍里，为她擦干，让她暖和，再送她上床。她的牙齿在打战。我倒了热牛奶给她，过了好久她才暖过来。她的呼吸有股生病的酸臭味。她睡到十一点，然后吃了点东西，又说了一会儿。她说话时让我关上灯，把她的手放在我手里，一种亲近，一种慰藉。

关于事情的粗略轮廓，我听到了更多。她以为小艾伦一去不回，但他开着闪亮的游艇、穿着崭新的休闲装回来了，奇怪地表现出谦卑和歉意，急切地想获得她的认可。他把船停在露易丝家前面的码头，就在马路对过儿。她让小艾伦走开，不断地朝窗外看，看到他穿着新衣服，忧郁地坐在新买的船上。傍晚她去了码头，经历了又一轮再三道歉，然后上船参观。一把她弄上船，进了船舱，小艾伦又变回那个满面笑容、粗野暴力的家伙，然后便占有了她。她反抗了很长时间，但小艾伦耐心十足。没人听见她的叫喊。最后，在一阵惊恐的半昏半醒中，她忍受了他，心里知道他不太正常，而且以为这之后不会再有什么了。但还没完。他把露易丝扣在船上两天两夜，最后看出她太眩晕、太疲惫、太恍惚，连象征性的反抗也无能为力，就搬进她家里和她一起住。

“我解释不清。”她在黑暗中低语，“那时候我觉得过去已经不存在，我唯一的过去就是他，而他又占据了现在，没有未来。我甚至对他没有反感，也不把他想成一个人。他是一股力量，我不得不接受。不知道为什么，取悦他变得非常重要——我给他做吃的、给他调酒、帮他洗衣服、不停地和他做爱，以此取悦他。喝醉会好过些。如果能取悦他，即便那样的日子也能忍受。他把我变成一团焦虑，时时刻刻在意他，确保我所做的合他心意，只是出于一种生理反应，没有任何快感。一种可怕的解脱感、崩溃感。有时候他知道如何耍我，然后笑我。有时候他开船离开，一切如常，然后他回到这里，一切如常。我想都没想过这种生活会结束，我忙着熬过活着的每一小时。”

说完她睡了。我走出房子，走进夜色。热带的泥土蒸出新鲜的热气，虫子鸣叫，树蛙鼓噪，海湾像一面映月的镜子。我坐在她房前码头的尽头，对着蚊子喷烟，不明白自己为何如此对她。

的确，她是个敏感内向的女人，而小艾伦也的确是个粗野残忍的浑蛋，但我不太理解他糟践露易丝之后，会把她变成现在这个样子。在维多利亚式的传统中，这是比死亡更悲惨的命运，但她是个成年女性，且不说小艾伦用了何种手段，竟成了她的爱人，有时还能激起她的情欲反应。我想起她失败的婚姻，怀疑她也许就是个奔向崩溃的神经质，而小艾伦只是这个过程中的催化剂。

我看着驶向运河的船上漂移的灯火，我听见一只夜鸟怪声哀怨，还有一只为爱所苦的猫在远处哭泣。

我进屋看看熟睡中的她，然后回到隔壁的房间躺下。

Seis

她好好吃了顿早餐，看上去状态不错，让我能安心离开一阵。我驾着艾格尼丝小姐离开，去取了洗好的衣服，然后打电话给杰夫·波卡，就是在露易丝·阿金森家院子里立牌子的房产经纪人。

他的脸和脑袋又红又圆，像个沙滩球。他浑身无毛，头顶、眉毛、眼睑全都光秃秃的，像是什么病造成的，近乎猥琐。他的眼睛和小小的牙齿都是黄褐色的。

“我当然能把那幢房子卖掉，如果能带人去看房就能卖掉，哥们。但那个疯娘们一直乱来，我没法带人去看房。我约了人，两次。结果呢？房子里一团糟，她也一团糟。第一次她坚持了十分钟，然后开始冲我的客户尖叫，第二次她甚至不让我们进去。她那房子贷款都还清了，我们刚调查过，所有权没问题。好房子，好地段，就在海边。明天我就能卖个四万五，但不能看房没人会买，哥们。”他摇摇头，“下次过去，我会把草地上的牌子拿掉。”

“等她搬出去，如果她还想卖，我就把钥匙留给你。”

“里面的状况怎么样？”

“没问题。”

“你说如果她还想卖，是什么意思？”

“如果，她仔细想过之后，百分之百肯定。”

“她最好搬走。她以前在这儿有些朋友，一些很好的人，不过那是在加油站那家伙搬到她家住、她开始喝酒之前。”

“估计这有违你们的道德观。”

他露出小小的牙齿：“这里是个体面的地方。”

“哪里都是，朋友。”

我走出去，留下他站在炉渣砖垒起的办公室门口，阳光在他光滑的粉红脑袋上射出一道耀眼的银光。

雷米瑞兹下午过来，对她的康复大为惊叹。下午她穿好衣服，显得非常拘谨，看上去很困，动作缓慢。晚上她又发作了一次。然后，又是在黑暗中，她与我夜谈。

“尽管有他在，我还是逐渐找回了生命，崔维。我似乎意识到他想摧毁我，但我知道自己不会被摧毁。我在内心深处找了一小块安静的地方，不管他要我做什么，我都能回到那里，然后一切都无所谓了。我开始感觉他已经将他最坏的一面使出来了，从某种意义上说，我比他强大，我会从他手中活下来，会熬过去，会摆脱他。我能够抬起头，想办法结束这一切。但……他不会让我如愿，当然。他不会让我逃走。”

小艾伦如何防止她逃跑，她始终说不清。她的叙述变得不连贯，幸好，还有许多东西她不记得了。小艾伦让她醉在酒精里，这样更容易操纵，在没看住她的情况下，她也很难溜走。

最后一次出海，小艾伦把船开到比米尼[1]，在那里带上了一个叫芳嘉的海地小荡妇，她是个双性恋。他们又从比米尼出发，开了很远，开到贝利岛的一个海湾，在那里抛锚，停留了一个星期，完成了对露易丝·阿金森的腐化和毁灭。回坎多岛的航程，她一点都不记得。六月，他们回到这里，小艾伦终于走了，自愿离开。他很清楚，他留给这个温柔女子的剧烈影像和碎片记忆将逼她走上绝路。

露易丝沉入睡梦之后，我开始揣度小艾伦的动机。这个世界上的有些男人，本能地想毁掉自己所能企及的最脆弱、最宝贵的东西，就像野蛮的孩子蹂躏漂亮的家一样。看我的，他们说。

露易丝，一个羞怯、可爱、敏感又有教养的女人，她的存在给了小艾伦一个挑战。她的反抗，则让挑战更进了一步。小艾伦找到并夺走巴里中士的宝藏，又回到坎多岛，虽然这样做很蠢，但他必须面对挑战，去彻底征服一盘远比凯西·克尔美味的佳肴。

男人对女人犯下的最恶劣的罪行，在法律条文里是看不到的。一个笑容满面的男人，敏捷灵巧如猫，满身肌肉，拿着金钱

1 原文为Biminis：巴哈马西北部的一串岛屿。

的利器，在一个不起疑心的世界里横行无阻，如进了鸡窝的黄鼠狼一样贪婪。我明白他的动机，他的动机是杀戮。那种象征性的杀戮之后，他很可能会真的动手。

狡猾而鲁莽，冲动又大胆，长着蹄脚、带着笑容，有一对毛茸茸耳朵的潘神，在“逍遥游”上尽情发泄兽欲。

爱他、理解他、原谅他，领他羞涩地走向弗洛伊德或耶稣。

我们也可以采信当今不堪一击的论调，认为与童年创伤无关的邪恶存在于世，为了邪恶本身而存在。那是恶魔留下的脓疮，就像贝尔森集中营一样无法解释。

我亲了亲她流汗的额角，将她窄窄的肩膀旁的毯子塞好。脆弱的象征，恶魔的象征，但我找不到自己的象征。作为复仇天使的麦基让我有点吃不消，我希望用贪婪冲淡复仇，或者反之。不论哪一种，都能让事情更简单。

她开始狼吞虎咽。期待中的平静回归到她身上，带来茫然甜美的微笑、哈欠和困倦。她穿好衣服，我们时常散步。新鲜的血肉磨平了骨头的棱角，与此同时，夜谈逐渐减少。我负责照看一个植物般的女人，适度的友善、毫不猜疑、疏离而柔和、能吃能睡、步履缓慢。我付了雷米瑞兹钱，对将来的事，他没说什么。露易丝打电话给她嫂子，说一切都好。她谈起童年的快乐片段，但她不喜欢这幢房子，还有她的车。我打理了她的财务，她签了存款单和急需付清的支票。她想去别的地方，但不在乎是哪儿，也不想花心思计划。我们打包行李，她想要的东西不多。艾格尼丝小姐算半辆货车，装得绰绰有余。我把钥匙交给波卡，告诉他露易丝的联络地址。她签好合同，我卖掉车，把钱打入她的账户。她去邮局登记了新地址。我把水电煤气搞好，最后巡视了一遍房子。她坐在外面的车里。我检查了所有窗户，关掉空调，甩上大门。

我开车带她离开，她头也不回。她带着梦幻的笑容，坐在那儿，双手叠在大腿上。别人去岛礁，带回家的是贝壳烟灰缸、标本鱼或陶制的火烈鸟。崔维斯·麦基带回了一个叫露易丝·阿金森的女人。纪念品狂热症是旅游经济的命脉。

“你找到住处之前，可以待在我的房船上。”

“好。”

“或许你想回纽海文，离你哥哥近些。”

“或许吧。”

“很快你就会恢复过来，能出门远行。”

“是吧。”

“还是我现在就给你找个自己的住处？”

“无所谓。”

“你更想哪样？”

做决定的努力将她拖出呆滞。她握紧拳头，绷紧嘴唇，“我想，我得和你在一起。”

"待一阵子？"

"我得和你在一起。"

病人开始依赖心理医生。说这话时，她没有一丝焦虑。她陈述一个事实，奇怪地坚信我会和她一样，毫无保留地接受这个事实。过了一会儿，她倚靠在车门上，睡着了。我很愤慨。她怎么能如此确定，她没把自己交给一个小艾伦的翻版？这些令人窒息的信任从何而来？即便有过活生生的例子，这个成年女子似乎还不明白，偌大的世界上四处是禽兽。我感觉，就算我说要带她去食人族的岛上，把她当肉卖掉，她还是会面带一模一样的蒙娜丽莎的微笑，任人宰割。

其实，我没那么值得信任。

"缺角同花"的甲板下面闷热异常，潮湿不堪。因为断电，空调失灵。走的时候，我把恒温器设在八十度[1]——这样耗电最少——就是为了避免眼前的情况发生。我重新设定在六十五度，但还要一个小时才能凉快起来。我带她去吃了顿不错的午饭，再带她回到船上。她上了船，我把她的东西搬上来。她四处看看，有点淡淡的兴趣。我把她和她的东西安置在另一个房间。她淋过浴后就上床睡觉了。

1　华氏温度，相当于二十六摄氏度左右。

信箱里塞了九天的信件，清理之后，剩下些账单和两封私人信件。我打给苏琪。她想知道我死到哪里去了。我很高兴凯西没有告诉她。我说，我和一个生病的朋友待在一起。她给了我凯西的号码，我打过去。她听上去很警觉，说她现在一个人，我可以过去见她，还告诉我怎么找。她住在城里，在一号公路旁商业区后面的廉价双层公寓二楼。那一带有比萨店、保固轮胎修理铺、史密斯金属板厂、保税仓库。霓虹灯和随风飘荡的过时促销招牌之上，就是她的住所。

楼上热得要命。四壁全是暗黄色的水泥，还有粗糙的柳条、稻草和老竹子。一台大电扇在窗边嗡嗡直响，吹出热风。她穿着廉价的短裤和褪色的露肩装。她说这间房子是和舞团里的另一个女孩，还有一个在电视台工作的女孩合租的。屋里架着两张牌桌。她正在为舞团缝新衣。外快，她解释道，然后招待我喝冰红茶。

我坐上一把柳条椅，挨着电扇的热风。我和她说了阿金森太太的情况，有所保留。她一边做事一边听。我靠回椅背，衬衫黏在柳条上。不知不觉，已到八点。她绕着桌子，把衣服又折又翻，再把线咬断，一针一针地缝上。那双闪着汗光的结实美腿，还有舞女结实圆润的臀部，让我没法不分心。我所保留的露易丝的事，她似乎完全能够猜到。她嘴里含着针，正在缝一块金白交织的布料。

“我还以为你改变主意了。”她说。

“没有。”

“你完全有理由改变主意，崔维。”嘴里的针模糊了她的声音。

“信里有名字和地址吗？”

她直起身子，“有名字和地址的那些，我分了出来，可以拿给你。”

她把信拿过来。她做事，我读信。她把蓝色的小收音机声音调低，音乐与风扇的声音混在一起。哈瓦那CMCA电台，和平、自由、博爱的乐土之音。没有广告，没什么可卖的了。

战时家庭通信，来自一场久远的战争。

爱妻：我一切都好，望你也一样，女儿们也好。我已经买了一张汇票，稍后寄出。不用太省，该买就买。这两个月我经常有飞行任务，不过都是运货，没有危险，所以不必担心。这个时节，这边经常下雨，比家里还多。休格曼被派到别的地方之后，来了一个新的飞行员叫威廉·卡洛维，纽约特洛伊人，是个中尉。他是个让人放心的好飞行员，与我和乔治处得来，所以不必担心。食物不多，但我吃得还好，心情也不错。告诉凯西，我很高兴她喜欢她的老师。代我吻她，还有克里斯蒂，也吻你。你亲爱的丈夫戴维。

那些信里还有其他名字，随口一提，没说几句。来自得州科维尔的弗恩，加州的迪根。我记下所有这些片段。

她坐着，把舞女的短衣放在膝上，熟练快速地缝着。“我不知道阿金森太太会那样。”她若有所思地说。

“她也不想的。”

“我也不想的。她很漂亮。”她棕色的眼睛闪过一个表情，“你把她留在你的船上了？”

“等她好了再走。”

她穿过房间，把衣服放进一个小箱子里，关上，“也许她比我更需要帮助。”

“她需要的帮助和你不一样。”

“接下来你会做什么？”

“尽可能搞清楚你父亲从哪儿得来的钱。”

“现在几点了？”

“五点多一点。”

“我得换衣服出门。”

“有人接你吗？”

“我坐巴士。”

“我可以等你一起，带你过去。”

“我不想成为你的负担，崔维。”

我等着她。她很快冲了个澡，穿着粉红上衣和白裙子走出卧室。片刻之后，上衣湿透，黏在身上。我载她去“迈尔海滩”，然后回到巴伊亚玛。我的病人已经起床。她睡得眼睛都肿了，不过已经摸熟了我的不锈钢厨具。她穿着有些宽松的漂亮棉裙，还从小冰箱里拿了两大块牛排出来解冻。她似乎对状况多了些认识，羞怯地意识到她可能是个负担。

“我可以做饭、打扫、洗衣服什么的，你还有什么要我做的都行，崔维。”

“如果你吃得消的话。”

“我不想成为累赘。”

“你的任务是好起来。”

我不算一个特别可亲的人。我完全是单身汉的作风，过于依赖秩序和习惯。来个可爱的小客人待几天是一回事，航海派对是一回事，但一位女性住客是潜在的烦扰。

“我可以付房钱。”她小声说。

“噢，老天啊！”我吼起来。她逃回房间，悄声关上门。

二十分钟后，我羞愧难当，进房间去看她。她斜躺在大床上，沉沉睡去。我倒了杯酒，拿着酒走来走去，喝完之后又倒了一杯，然后进房摇醒她。

“如果你要做饭，现在可以做了。”

“好的，崔维。”

“五分熟。”

“好，亲爱的。”

“别这么低声下气的！”

“我会努力的。”

晚饭后，她清理了厨房。我把她带到休息室，问她感觉如何，能不能回答些问题。

“什么问题？”

“关于小艾伦。”

她的嘴唇扭曲，眼睛闭了一会儿，然后她张开眼睛说：“问吧。”

不过，首先我得向她简单说明一下。我得让她明白我为什么要问这些问题，以及我想知道什么。她听过小艾伦和那对姐妹的闲言碎语。我把自己知道的所有情况都告诉了她。

她刚刚恢复的平静就这样被打破。她的眼神穿过灯光瞪着我。

“他回来的时候身上带着很多现金。我什么都没给他，所有东西，船和其他的一切，都是从他住过的地方弄来的？”

“只可能如此。”

“但到底是什么东西呢？”

“只能去纽约出手的某种东西。”

“崔维，为什么你对整件事这么感兴趣？”

我努力露出让她安心的微笑，但从她脸上的表情看，我的微笑不太成功。“我要从他那儿把东西拿回来。”我说，听起来不像我的声音。

“我不明白。”

“我自己留一些，把凯西的部分还给她。”

“她对你很重要吗？”

“和你一样重要。”

她想了想，“这……这是你的职业吗？”

“我需要钱的时候，这算是我的行当。”

“但……他似乎是个危险的人。而且他也许已经把钱全花光了。就算没花光，你怎么从他那儿拿回任何东西？我不觉得你能做到，除非杀了他。”

“我会把这当成生意的正常风险，露易丝。”

她恢复的气色从脸上消退，“你怎么能说这种话？你……你对我这么好。”

“这两者有什么关系？”

“可是你难道看不出……”

“我看出你是个大傻瓜，露易丝。你从我的外表来判断，认定我是什么样的人。我对不上你心中的样子，并不是我的错。”

漫长的沉默之后，她说：“真可惜。”

“可惜什么？”

“可惜了你！这种事听起来很可耻，请原谅我这么说。我看过那些关于非洲的电影，狮子杀死猎物，然后聪明的动物们过来分一杯羹，吃完就跑。你那么聪明，崔维，看人那么敏锐，而且你……性情温柔，有同情心。你完全可以做些别的。”

“当然！”说完我跳起来，在休息室里来回走，“我怎么没想到！这就是我现在的样子，在这艘破船上虚度大好年华，整天和那些没用的女人鬼混，却没有出去寻找机会、拼搏奋斗。我是谁啊，怎么不去找份工作、埋头苦干？我怎么没想着去弄块房产，等它升值？天哪，女人，那样我每年要买一百万的人寿保险。我应该在生命的旗舰上划着大桨。也许现在还不算太晚！找一个小女人，然后全盘吞下。同济会、教师家长会、募款、野餐、干净的书桌、投票只投一个党、服服帖帖、说啥是啥。[1]老了之后，我可以回首……"

我听见她发出一声轻响，于是停了下来。她低头坐在那儿。我走过去，用手指抬起她的下巴，扶起她的头，直视她充满泪水的眼睛。

"求你，不要这样。"她低语。

"你把我最糟糕的一面逼出来了，女人。"

"这不是我的问题。"

"我不和你争。"

"可是……谁把你变成这样的？"

"我不会告诉你的，露易丝，因为我永远不会和你熟到那个程度。"

她勉强笑笑，"真够直接的。"

"我也不是个悲剧角色，不管你多想让我去演。我快活自在，女人。"

1　这一段指当时美国主流的生活方式，与崔维斯·麦基的生活有天壤之别。

“如果真是这样，你就不会那么说。”

“饶了我吧，你的洞见就免了。”

她打了个战，重新振作。

“我很感激你，会尽力回答问题。”

“关于钱，他说了什么？”

她努力回忆。她的坐姿端正又听话，像个聪明的小学生坐在教室里。小艾伦说，他的钱够用一辈子。没错，他在不同场合用不同的方式重复过这个意思，还说他绝不会用一分钱去买女人。他把钱藏在船上的什么地方。

“可能还藏了别的东西。”她口气怪怪地说。

“什么？”

“让我想想。”她说。她的脸庞凝固，带着倾听的表情，仿佛人们挖掘细琐模糊的回忆时的样子。“一颗变形的蓝宝石。”她说，“那天特别热，热疯了，因为一点风也没有，还有水面反射的强光。我喝了太多酒，撑着不吐。他们的声音一团模糊，他们总是在争吵，互相喊叫。小艾伦给她看什么东西，那东西掉到甲板上，一块蓝宝石，沿着地板向她滚过去，歪歪扭扭地滚。她扑过去，把宝石塞进嘴里，像个小孩。我估计她不到十八岁，但仿佛和世间的邪恶一样衰老。小艾伦气得要杀人，冲过去，她就跑，边跑边笑。小艾伦在整条船上追她，把她逼进一个角落，但她翻过去，跳进海里。她浮在海上，对他又笑又叫。她裸着身子，在水里看起来很黑。我可以看见她的影子在海底的白沙上晃动。小艾伦跑去拿了把枪。我想不到枪声又小又脆。子弹溅起水花，就在她身边。她赶紧游到船梯那儿，爬上船。小艾伦掐住她的脖子，她把蓝宝石吐在他手上。然后，小艾伦抓着她，用拳头打她，打得她那天后来一直躺在下面的睡铺上呻吟。宝石是很深的蓝色。小艾伦整天惦记着这事，不停地发火。他朝下面大叫，骂她。他下去过一两次，又打了她一顿。”她用失神的眼睛瞪着我，说："我之所以记得这件事，是因为那次他们扔下我一个人的时间最长。之后我一直想着那把枪，我试着去找，但找不到。小艾伦发现我在找枪，他猜出来的，就把我交给那个女人，看着她打我。她下手没有看上去那么狠，她不是同情我，只是不想把我打得太惨，那样就对她没用了。她异常彪悍、敦实、强壮，她的小腿和大腿粗得就像打磨过的桃花心木。她总是莫名其妙地大笑，一天到晚用破烂的法文唱歌，嗓音刺耳。在我的空房子里，你来之前，崔维，我一直听到她在唱歌，声音很响，就像在隔壁房间。”

她的眼中再度亮起昔日的疯狂光芒，“你想听我像芳嘉那样唱歌吗？”

“放松点，宝贝。”

“你想看我像芳嘉那样跳舞、大笑吗？”

她剧烈地抖动起来。我赶紧去拿药片，拿来强力的那种。她没有反抗。十五分钟后，她在床上睡着了。

我把芳嘉的鬼影赶出脑海，开始着手计划。看似我应该去一趟莱文沃思，但其实不然。询问监狱管理方是个坏主意，他们总是照章办事，他们会问你要文件、身份证明和正式的授权。如果你没有，他们立马会怀疑你是来帮人开溜的。莱文沃思是最后一招。我会追踪所有其他线索，如果全部一无所获，我会去堪萨斯，先熟悉一下环境，看看能不能蒙人。

睡觉之前，我看了一眼我的监护对象。微光之下，她看上去不到十九岁，温柔，远离一切丑恶。

Siete

第二天早上，我试了一下纽约特洛伊的威廉 · 卡洛维的号码。

找到他的机会很渺茫。就算他从战争中活下来，没进班房，又躲过了国内的灾祸，现在也可能四处飘荡。在这个瞬息万变的世界里，地址是靠不住的。

特洛伊有两个卡洛维。威廉 · B. 卡洛维和威廉 · M. 卡洛维。高效的接线员从特洛伊的资料库里找出了两人的号码。我按字母顺序拨通电话。威廉 · B的家人给了我另一个号码。一个女孩说那里是双冠塑胶公司，三分钟后，我听到了威廉 · B谨慎的声音。“二战”飞行员？才不是，他今年二十六岁，是个化学工程师。他在特洛伊住了不到一年，知道黄页里还有一个威廉，但对他一无所知。非常感谢。不用客气。

长途接线生直接连通下一个号码，我听见一个女人接起威廉 · M的电话。她的声音微弱且不稳定。她的回答非常正式：“很遗憾，卡洛维先生在今年三月去世了。”

我提出和她说两句，“卡洛维太太，我很遗憾您丈夫去世了。”

“也是好事，我一直祈祷他能解脱。”

“我想知道他是不是我要找的那个卡洛维先生。他是‘二战’飞行员吗？”

“我的天，不是的！你说的是我儿子吧。我丈夫去世的时候八十三岁。”

“我能联系上您儿子吗？”

“这样啊，你要是昨天打来，就能找到他了。他来看我，我们很开心。”

“我应该去哪儿找他？”

“接线生说你从佛罗里达打过来，你有急事吗？”

“我想联系上他。”

“稍等，我记下来了。他家在弗吉尼亚里奇蒙。让我看看，今天是……三号，对吧。他在纽约开会，一直到九号，住在美利坚酒店，你可以去那里找他，但他说他有很多会议，会很忙。”

“太感谢您了，卡洛维太太。顺便问一下，您儿子当时被派去哪个国家？”

“印度。他一直想回去，再看看那个国家。他从印度写了些感人的信，我都留着。说不定哪天他有机会再过去。”

我挂断电话，喝完剩下的半杯温咖啡，然后打给航空公司。有一个合适的航班，下午两点五十分到达艾德威机场[1]。面对即

1　原名肯尼迪机场。1963年11月肯尼迪遇刺，12月24日机场更名。

将来临的独处时间，露易丝慌了神，她的牙齿濒临颤抖，眼睛睁得溜圆。我一边收拾行李，一边指导她，让她记下要点。信件、洗衣、电话、购物、空调的手动开关、倒垃圾、可靠的本地医生、怎么锁门等等，还有电视频道、休闲读物、灭火器，以及船只维护的标配小物件。她咬着苍白的嘴唇，一样不落地草记下来。她不需要汽车或自行车，所有地方，包括公共海滩，都可以走着去。每四小时吃一粒白色药片，如果抖得厉害，就吃粒粉红色的。

我在跳板上吻了她，像个出门上班的丈夫。我让她照顾好自己，然后快步走向艾格尼丝小姐，拍拍放钱和信用卡的屁股口袋。失业者没有资格用信用卡，但我有个担保人，我帮他解决过一个危险又棘手的麻烦，这人的名字能让银行经理惊跳起来，大气不敢出。信用卡很方便，但我讨厌信用卡，它让我觉得自己像带着徕卡相机和鸟类图鉴的梭罗。信用卡是现实伸出的手指，伸向我们的喉咙，贬损了人的自我形象。

然而，能够选择的日子已经不多了。在未来世界一尘不染的婴儿房里，美联储会设法在哭闹的婴儿的粉红手腕上刺一组纳税号和信用卡号码，紧接着，电话公司会在另一只手腕上刺一串永久的电话号码，不用说，是Visa卡专用号码。死后，你的号码回归银行。这将是世上第一个不朽的存在。

八月的曼哈顿是伦敦大瘟疫[1]的重演。火炉般的街道能把人烤化，疲惫不堪的行人张着嘴，随时准备跪倒在地。那些尚未遭罪的人躲在冷气绿洲里，尽量避免暴露于黑死之光。

四点零五分，我住进了酒店。这家酒店有很多房间，三场会议同时进行，仍有很多房间。一进大堂，我就回到了迈阿密。空气是一样冷飕飕的味道，服务人员是一样多疑而顺从，装饰是一样的光辉耀眼——就好像一个巴西建筑师将航站楼和棉花厂的装潢混搭在一起，灯光效果戏剧感十足。压轴明星会随时从吧台上走下来，引吭高歌，女孩们紧跟着跳跃入场。膝盖抬高，孩子们，保持笑容。

威廉·M.卡洛维没有用自己的名字登记，而是登记在霍普金斯·卡洛维公司名下，他们住的是1012～1018号房间。我问前台他们在开什么会。“建筑业，”他说，“修路之类的。”

房间里有个男人接起电话，他压低声音说话，听起来年轻、郑重。他说他去查一下卡洛维先生的日程安排。过了一会儿他回来，用压得更低的声音说：“先生，他刚开完会回来，正在这里喝酒。”

“他会待多久？”

“我估计最少待半小时吧。”

我在一面穿衣镜前审视自己，对崔维斯·麦基先生微笑。

---

1 指1665年到1666年发生在英格兰的大规模黑死病瘟疫。

晒得太深的肤色是个麻烦，穿得稍微时髦一点，就形同一个在停赛季卖人寿保险的球员；穿得太有欧洲范，就会像个私人滑雪教练。我的夏季城市西装是一件罗特兰的保守款式，深色面料，九盎司的奥龙合成纤维，看起来有点像丝绸，又不至于太像。白衬衫，旧式领口。针织的菱纹领带，油亮的鞋子。上门推销吧，亮出雪白的牙齿，直视他们的眼睛。付出即所得。一个微笑让你获益匪浅。握手要真诚。记住别人的名字。

大房间里有十来个人。他们大声说话、大声笑，抽着大雪茄、喝大杯威士忌。初级主管替他们端杯添酒，找准适当的时机，凑上来敛声笑一笑，赞赏幽默的智慧。他们不戴名牌，这是重要小型会议的关键所在。没有名牌，不戴可笑的帽子。所有发言者都是本行业举国皆知的人物，而且他们点的菜都是菜单上没有的。

一个初级主管告诉我，在大窗户边拿着酒杯、长着山羊胡的那位就是卡洛维先生。威廉·卡洛维四十五岁上下，中等身材，有些发福，长相看不清楚，一头黑发浓密而耸立。他戴着大大的黑框眼镜，留着黑色的山羊胡，抽着黑色的大雪茄，脸庞不甚分明，只看见他宽大多肉的鼻子和鼻子上密布的毛孔。他在和另外两个人说话。我离他们还有六英尺远，他们骤然停下，全都瞪着我。

“不好意思，”我说，“卡洛维先生，方便的话，我想和你说几句。”

“你是部门里的新人吗？”他的一个朋友问道。

“不，我叫崔维斯·麦基，有点私事。”

“如果是关于那个职位，现在不适合谈。”

“职位？从二十岁起，我就不为别人工作了。我在大堂等你，卡洛维先生。”

我知道这么说他会很快出来。他们得知道你的深浅。这些经理人眼光精准，他们看面相就能猜出一个人的薪水，上下误差不超过百分之十。这是一种生存反应机制。他们高高在上，必须知道从下面冲上来的是什么、速度有多快。

他慢慢走出来，边走边填满烟斗。

“私事？”

“我今天下午刚从佛罗里达过来，就是为了见你。”

“你可以先打电话，我就会告诉你我这边实在忙不过来。”

“不会占用你太久。你记得一个叫戴维·巴里的机组组长吗？”

这话一下子让他回到过去，他的眼神和肩膀姿势都变了。

“巴里！我记得他。他好吗？”

“他两年前死在监狱里了。”

“我不知道这事，一点都不知道。他为什么进监狱？”

“因为他1945年在旧金山打死了一个军官。”

“天哪！不过这和我有什么关系？”

"我想帮助他的两个女儿，她们需要帮助。"

"你是律师吗，麦基先生？"

"不是。"

"你是想让我资助巴里的女儿吗？"

"不，我想向你了解一下戴维·巴里。"

"我对他不是很了解，认识的时间也不长。"

"你了解的任何东西都会对我有所帮助。"

他摇摇头，"好久以前的事了，我现在没有时间。"他看看手表，"你能十一点再过来吗？"

"我住在这里。"

"那更好。我尽量在十一点去你的房间。"

"1720房间，卡洛维先生。"

十一点二十分，他轻敲我的房门。他满腹上好的波旁酒、丰盛的晚餐，也许还喝了点上乘的白兰地。酒精稍微钝化了他的思维，他对此很清楚，所以也就比清醒的时候更加小心多疑。他婉拒我为他倒酒，坐进一把舒适的椅子里，慢悠悠地点燃烟斗。

"我还不知道你的职业是什么，麦基先生。"

"我退休了。"

他挑起一边粗黑的眉毛，"这么年轻就退休了。"

"我有很多小案子要忙。"

“比如这个？”

“对。”

“我最好多了解一点你这个案子。”

“咱们打开天窗说亮话吧，卡洛维先生，我不图你的任何东西。巴里在战场上发了笔财回家，我想知道他是怎么发财的。如果我知道他是怎么发财的，也许就能替他的两个女儿弄一些回来。他太太去世了。你只需要花一点点时间，稍微回忆一下。”

有那么一会儿，我以为他听睡着了。他动了一下身子，叹了口气，“战场上自有生财之道，在战争早期还更容易。我去的时候，巴里已经在那儿待了很久，在空中运输指挥部。从阿萨姆开C-46，载着人员和货物飞到加尔各答、新德里，再沿着驼峰航线[1]飞去昆明。有时候那些嘎嘎作响的破飞机会飞到两万两千英尺高空，然后穿过冰层下降，在昆明唯一的一条跑道上着陆。我估计我和巴里一起飞过二十五次，不会超过这个数字。我和他不是很熟，飞行过程中，机组成员待在一起的时间并不长。我第一次开的飞机，就是我在那边的第一架飞机，撞坏了。机械故障，起落架断了，我让飞机滑行了好长一段。飞机上有三个组员，事后我们被拆开，我被分到巴里的机上。巴里和乔治·布瑞尔，布瑞尔是副驾驶。我感到不自在，布瑞尔似乎觉得他应该升上去。他们原先的机长闹着调走了。”

1 1942年，日军切断滇缅公路后，中美两国在印度东北部的阿萨姆邦和昆明之间开辟的空运通道。因为要飞越喜马拉雅山脉，难度极大，故得名。

"休格曼？"

"就是他！他后来阵亡了。其实布瑞尔没有怪我，我们相安无事。布瑞尔和巴里都很能干，但他们不算友好。巴里脾气很差，少言寡语，但他很会做事。我觉得他是个孤僻的人。我们一起差不多飞了二十五次，其中大概有十次往返中国。后来，有一天晚上，我们从加尔各答起飞，我降到大约一千英尺的时候，右侧的引擎突然毫无征兆地起火了，就这样烧起来。火太大，灭火系统不顶用。我壮着胆把飞机拉到最高限度，稳住它，然后我们数'一、二、三'跳伞。我的降落伞打开才五秒钟，机翼就烧断了，飞机像石头一样栽下去。又过了五秒钟，我落在战地医院前的花圃里，扭伤了脚踝和膝盖，还真是幸运。一个大块头护士搀着我，我就一瘸一拐地进了医院。巴里和布瑞尔来看我，给我带了瓶酒，表示感谢。从那以后，我再没见过他们。"

"你听过什么传言，说巴里弄钱的事？"

"我记得好像听过只言片语。他是那号人，非常彪悍、沉默、机敏。"

"他用什么办法弄钱？"

"那会儿最常见的办法是走私黄金。你可以在加尔各答买黄金，然后在昆明的黑市上以一倍半多的价格卖掉，换成美金；或者，拿印度卢比回来，在罗伊德银行兑换成美金；或者用卢比币买黄金，形式多种多样。但军队里在抓黄金走私，我不想冒这个险。我知道，如果巴里和布瑞尔走私被抓，我也脱不了干系，所以我时刻留意。那时候在中国，用黄金可以干很多事。他们的通货膨胀失控了，要搞到黄金也很不容易。甚至，走私高面额的卢比到中国都有利可图。据说，中国人拿卢比和日本人交易，日本人用卢比维持在印度的间谍活动。见鬼，中国人还卖驴马给日本人换盐。战争中大家都忙得不亦乐乎。我觉得巴里搞过走私，他天生精明，而且我觉得他很能征服人。有一次，他探了探我的口风，但我没什么兴趣，所以他没带我玩。"

"他和乔治·布瑞尔走得近吗？"

"这么说吧，他们比一般的中士和中尉走得近，就算在同一个机组里。他们在一起挺久的。"

"那么，如果布瑞尔还活着，我下一个应该找的是他。"

"我知道他在哪儿。"

"真的吗？！"

他犹豫了。他的职业病又犯了，手上有别人想要的东西，就得停下来想一想，自己能有什么好处。刚才，他沉浸在丛林战场的旧日回忆，在那里，他是卡洛维中尉，机灵敏捷，注意隐蔽自己，并控制着无时无刻不在的恐惧。而职业性的条件反射把他一路拉回现实，回到威廉·M. 卡洛维肥硕的伪装下，那个以金钱与权威做后盾的精明建筑商、投标人，私下里更忧心的也许是阳痿、审计和心脏病。我能感觉出，他不经常回想"二战"往事。有些中年老小孩，每天都会花点时间回想大学生活或经历过的战争，但那些真正长大成人的男人不会幽怨地缅怀过去的光辉岁月。卡洛维就是这样的人。

他重新燃起烟斗，挪动身躯，“两年前，《新闻周刊》上登了一篇关于我们公司的文章，写的是州际公路的项目，上面有我的照片。之后，一些多年没有音信的人寄信给我。布瑞尔从得州的哈林根寄来一封信，说得好像他是我的飞行好哥们，其实根本不是。仿羊皮信纸，上面有公司抬头，字体很奇怪。我记得是‘布瑞尔公司’。开头三言两语的恭维话，然后通篇在扯他混得怎么好，结尾希望大家能聚一聚，叙叙旧。我回了他一封冷淡的短信，就再没有他的消息。”

“你不喜欢这个人。”

“我也说不清为什么，麦基。我们在那边执行的是乏味、肮脏、危险的任务，但毕竟，只是空中运输指挥部。布瑞尔是个职业军人，身经百战。我们在加尔各答的时候，他会佩上枪，穿成飞虎队的样子，在仰慕他的小姐面前大出风头。他佩在身上的，不是规定的点45，而是一把珍珠柄的点38。还有，他不喜欢降落，他降落的时候汗流浃背、过度紧张。”

“这么说，他应该知道戴维·巴里的事。”

“如果他愿意开口的话。如果他也有份，有份搞到点钱，他为什么要说呢？”

“我对你实话实说，卡洛维先生，但对布瑞尔，我可能会试试其他办法。”

“比如随便搬出我的名字来吗，麦基？”

“说不定。”

“我劝你不要。我们有闲着的律师，他们都是闲不下来的人。”

“我有数了。”

“我通常不会无缘无故说这么多话，麦基。你给人感觉不错，是个热切的倾听者，你的微笑恰到好处，很能迷惑人。还有，当然了，你没有完全实话实说。”

“你怎么能这么说！”

他干笑了两下，费力起身。“到此为止，麦基。晚安，好运。”走到门边，他转过身说，“当然了，我会查查你的底细，以防万一。我是个谨慎的人，爱追根问底。”

“要不要告诉你我的地址，让你查起来更方便一点？”

他眨眨眼，“劳德代尔堡巴伊亚玛F-18号船位。”

“卡洛维先生，你让我刮目相看。”

“麦基先生，在建筑这一行，任何一个明白事理的实在人要么建立自己的中情局，要么等着破产。”他又干笑了几声，向电梯挪去，留下一串芳香的烟雾。

Ocho

早上，我打了个电话给哈林根的布瑞尔。一个懒洋洋的接线员把我转到一个声音尖厉的秘书那里，她说布瑞尔先生还没到办公室。她无从知道我打的是长途，所以当她问我的姓名，我避而不答，只说稍后再打来。

然后我打电话到我的房船。三声铃响之后，我听到她的声音，微弱、紧张、小心，“喂？”

“我是你的夜班护士。”

“崔维！感谢上帝。”

“怎么了？出了什么事？”

“没什么特别的。只是……我不知道……只是紧张吧。我太习惯有你在身边了。我总是听到声音，然后跳起来，还做噩梦。”

“到太阳底下去，把噩梦晒干净。”

“我正打算去，也许去海滩走走。你什么时候回来？”

“我今天要去得州。”

"什么？"

"我要去见一个人，可能周五回来，但不一定。好好吃药，宝贝，控制情绪。吃饭、睡觉，找事情忙。你在成百上千的船和人中间，不会有事的。"

"崔维，有个女人打电话给你，急着找你。她说有急事。她听到是一个女人接的电话，说你出门了，好像有点意外。我说你可能会打来，她说让你打给她。麦克考小姐，名字很奇怪，我不知道有没有听错。"

"苏琪。"

"没错。"

我让她看看我的电话簿，把号码给我。我挂电话的时候，露易丝听上去很不错。我不知道自己是不是个蠢货，竟然没有把酒瓶锁起来，也不找个人陪她。快快回家，麦基修女。每个人都有一套学来的自我保护机制，由姿态、表情和防卫性话语组成，而露易丝的保护机制被残忍地剥离了，所以我对她的了解超过以前和今后的所有人。从她补过的牙到儿时的苹果树，从割阑尾的伤疤到新婚之夜，我无所不知。现在是她重新长出外壳的时候了，而我将与她的外壳长在一起。我遇见她时，她血淋淋的，在她的伤口愈合的过程中，我不介意沿着疤痕与她连在一起。

苏苏的电话响了九声她才接起，她的声音沙哑，带着怨恨，好像被吵醒。但听出是我之后，她的声音变了，"崔维！我昨晚打电话找你。阿金森太太是谁？"

"你的一位劲敌。"

"我说真的，她是不是那个谁甩掉凯西之后搭上的？"

"嗯。"

"崔维，我打电话给你是因为凯西。她昨晚演第一场的时候还好好的，后来他们发现她倒在酒店外面的海滩上，昏迷不醒。她被人毒打了一顿，脸上血肉模糊，断了两根手指，还不知道有没有内伤。到医院之前，她醒了过来，警察问了她话。她说，她去海滩上走走，有人跳过来毒打她，她说不出那人的样子。他们给她吃了镇静剂，我是第二个和她说话的人。她表现得很奇怪。我想是那个人，崔维。总之，接下来的两个星期，她没法上班，也许更久。她的样子很惨。"

"她想和我说话吗？"

"她不想和任何人说话。这事今天上报纸了——'舞女海滩遇袭，神秘暴徒出没'之类的。"

"你今天会去看她吗？"

"当然！"

"我周六之前可能回不去。如果你有空的话，去看看露易丝·阿金森。我们的这位朋友也把她整得很惨。她是个好姑娘。"

"噢，是吗？"

"只是状态不好。我想你会喜欢她的，谈点女人之间的话题。然后，今晚我会想办法从酒店打给你，听听她们俩的情况。"

"麦基诊所？"

“小艾伦弃妇俱乐部。保重。”

酒店里的旅行社帮我安排了前往里奥·格兰多河谷[1]的最佳路线。波音707从艾德威直飞休斯敦，等候两小时，转机去哈林根，经停科珀斯·克里斯蒂[2]。我刚错过了一班更早的飞机，所以可以从容地离开艾德威。

航班起飞时，机上连一半的座位都没坐满。夏日的高空下，大片田野雾蒙蒙、亮晶晶，又冷冰冰的。飞机追随太阳，正午相当漫长。这个国家有一亿八千万人，最糟糕之处在于，你往下看，会发现下面还能容纳更多的人。一个空姐对我产生了特别的兴趣。她比一般的空姐要高大，年龄也稍大一些。她的身形丰满，但工作服尺寸有限。她一嘴白亮的笑容，动作稍嫌迟缓。我有种奇怪的感觉，觉得自己见过她。然后我想起是在哪儿了——是马克·哈里斯[3]那本有分量的《慢鼓轻敲》[4]里，“作者”去玛瑶家的路上遇见的那个空姐。我这位空姐在邻座的边缘坐下来，曲起身子，对我笑。

---

1 并非一条河谷，而是一片湖泊遍地的三角洲，位于得州最南端，紧邻墨西哥。哈林根位于格兰多河谷中心的小城。

2 原文为Corpus Christi，拉丁文原意：耶稣之身。这里指得州墨西哥湾沿岸小城。

3 原文为Mark Harris（1922—2007），美国作家。

4 原文为*Bang the Drum Slowly*，马克·哈里斯最著名的作品，曾被改编成电影、电视剧、舞台剧。

“休斯敦会很热，”她说，“我一到那儿就要泡进汽车旅馆的泳池，只会偶尔上来喝上一大杯冰镇饮料，喝完赶紧下水。有些小孩整天待在房里，但我觉得房间的空调太冷了，我的鼻子会塞住。我在那边待到明早十点，但休斯敦挺无聊的，对吧？”

她用有些迷离的眼睛望着我，嘴角挂着笑容，等待我有所行动。几乎在任何地方，你都能撞进泰戈的常年海上派对。在两万八千英尺高空，以点45子弹每秒八百英尺的速度。谁都不惦记谁。你们毫不相干，偶然相遇，互相依偎一小会儿，便擦身而过。之后，她就成了休斯敦的那个空姐，我就成了那个肤色黝黑的佛罗里达男人。这只是一段小小的回忆，里面有飘着氯气味的游泳池、果汁琴酒、五分熟的牛排，以及黄昏时，拉起帘子、寒冷如坟墓的汽车旅馆客房里的激情律动，在瓦尔基丽女神[1]的血肉之躯上的驰骋。一场无害的享乐，送给无害的防尘塑胶人。他们善于创造浪漫的幻觉。

然而，连“看起来很可口”都不说，就拒绝开胃美食，显然是很无礼的。

“我也要去休斯敦，”我摆出渴望而惆怅的表情，“但我要转机去哈林根。”

她的笑容没有变，但眼神游离了些许。她又随便聊了两句，然后摇摆身子走下过道，微笑着提供机上的服务。她们中的大多数

1 北欧神话中决定战场上生死的女性角色。

人有丈夫，有些人在寂寞里爆裂或燃烧，还有些人不能自制，凄凉地滥交，就好像空中水手，游走于各个港口的男人。她们是快速流动时代的牺牲品，每次飞行不过是床与床之间的漫长弧线。

稍后，我在休斯敦航站楼看见她。她踩着高跟鞋，与一个面色红润、戴着大帽子的小伙子走在一起，有说有笑。

五点刚过，我抵达哈林根。太阳高照，光芒刺眼，与佛罗里达一样湿热。我租了一辆有冷气的福特银河[1]，找到一间高挑、明亮，带草坪、游泳池和喷泉的汽车旅馆，住进游泳池对面的一间阴凉房间。我冲了个澡，换上运动衫和休闲裤，然后开车四处转悠。这里是个村庄，却想充城市。白色的高楼矗立在奇怪的地方，原因不明。这里和布朗斯维尔之间通过二十五英里[2]长的77号公路相连。乔治·布瑞尔的住所在温特伍德，林登街18号。大片的社区，宽阔的柏油弯道。建筑师设计的房子、突悬的阳台、露台、浇花器、棕色石子铺就的车道、旅人棕、黑椒书、墨西哥园丁、穿着短裤的家庭主妇、铁质的古典名牌。18号车道用的是金色石头、玻璃、红杉和石板，两旁有板有眼地种着行道树。一辆黑色林肯和白色胜利停在车道上。房子的一扇窗户里，一只黑色的卷毛狗望向外面的世界。

1 福特的一款车型。

2 一英里约等于1.6公里。

我回到普通人的世界里，找了一间啤酒屋。标准的开场白："真热啊。"标准的回答："可不是。"

啤酒冻得失去了味道。点唱机里放着忧伤的得州乡村民谣。我找到一个爱说话的销售员——本地经济，这该死的小镇屈服于空军太久了，基地一会儿开一会儿关的。橘子和葡萄是基本作物，碰上寒冬全玩儿完。冬季的旅游经济搞得挺不错，帕德岛什么的。现在墨西哥人把从马塔莫罗斯到维多利亚之间的破路修好了，所以路过这里去墨西哥的车多起来了，这里是从美国去墨西哥城最快的路。他话多而古怪。

我引他说到本地的成功故事，当他说到乔治·布瑞尔，我引他一直说下去，"老乔治干了很多事。他老婆有过一些果园，现在他手上有更多。那是他的第一个老婆，已经死了。天知道他现在有多少汽车汉堡店，十来家，还要多。还有房产生意、仓库，他刚开始搞货运。"

"他一定是个聪明人。"

"唔，你可以说他是大忙人，不停地找事做。他们说他在税务上一直有麻烦，说他一千块的现金都拿不出，但他过得很排场，说话也气派。他每天都喜欢身边围着一堆人。"

"你刚才说，他再婚了？"

"几年前。好一个漂亮姑娘，但我看她不比布瑞尔和第一个老婆的大女儿大多少。布瑞尔给她在温特伍德造了一幢富贵的房子。这姑娘叫盖丽。"

这位销售员得回家了，他走后，我去电话亭给乔治·布瑞尔打了电话。六点五十分。他接起电话，声音果断。我说我想见见他，谈点私事。他警觉起来。我说威廉·卡洛维提过他也许能帮我。

“卡洛维？我的老飞行员？麦基先生，你马上过来，来我家里。我们正在喝酒，给你也倒一杯。”

我开车过去。他家门口停了六辆车。一个管家领我进去。布瑞尔急匆匆地走过来，用力握我的手。他是个精瘦的人，快五十岁，黝黑俊朗，略带圆滑。我怀疑他戴着不显眼的昂贵假发，他像是早秃的那类人。他声音洪亮，举止有些夸张，穿着缝制的斜纹直筒裤。十秒钟内，我们便以崔维和乔治互称，然后他带我到后面用玻璃隔开的天台，聚会的人在那儿。一共十二个人，七男五女，穿着随意、友好、有点嗨。他替我介绍这些人的时候，巧妙地让我觉得所有的男人都为他干活，他让他们发财；所有的女人都爱上了他。他向这些人介绍说，我是全美最有影响力的一个公路建筑商的至交，那个建筑商曾与乔治·布瑞尔一起执行过惊心动魄的飞行任务，他能活下来，完全是因为乔治在身旁。他的妻子，盖丽，金发，二十五岁上下，实在是个美人。她高挑而优雅，不过相对于如此温暖亲切的笑容，她的眼神有点冷。

我们坐在吊椅和皮凳上，围成一圈，从傍晚聊到天黑。走了两拨人，还剩五个。他们一定要我留下吃晚餐。布瑞尔夫妇、一对叫兴登的夫妇，还有我。晚餐前不久，布瑞尔带着兴登离开，去谈点生意上的事。兴登太太去了洗手间。盖丽·布瑞尔去看看晚餐的进展。

我随处晃悠，消遣一下。这幢宽敞的房子结构复杂，很明显，装潢师在建筑师的协助下完成了装修。他们夫妇住进来不久，所以还没有时间画蛇添足。穿过客厅还有一个小房间，里面的灯亮着。房间远端的墙上有一幅画，看起来挺有趣。我听了一会儿，小房间里没有人声，我以为兴登和布瑞尔可能跑到里面去了。于是，我晃过去，想靠近点看看那幅画。我刚走到房间中央，就听到喘息和扭打的声响。我转身，看见门口右侧有张柔软的矮沙发，上面有两个人。沙发的扶手很高，所以我之前没有注意到他们。

其中一人是个浅色头发的女孩，十七岁上下。她倒在沙发里，压着枕头，身穿卡其短裤和浅灰色上衣，上衣扣子一路解开，直到腰部。她修长而成熟的美妙身段伸展开，她的脸庞放松，毫不遮掩地释放着持久性兴奋所带来的虚空。她长着孩子的嘴巴和眼睛，却有一张女人的脸。她嘴唇湿润，身子酥软，久久才从爱神的梦幻之地回过神来。男孩要大一些，可能有二十岁。他是个大块头粗人，浑身毛发和肌肉，下颚有棱有角，小眼睛充满怒火。

按我的方式，我会悄悄离开，但她的武士让我别无选择。“怎么不敲门，你个白痴王八蛋？”他用粗哑的声音说。

“我不知道这里是卧室，小弟。”

他站起来，又高又壮，颇令人瞩目，“你侮辱了这位女士。”

那位女士坐直了身子，正在扣扣子。女士说：“扁他，卢！”咬他，旺财。他扑过来，像狗一样听话。

我很高，晃晃悠悠，看上去一百八十磅[1]，关节松弛，笨拙。但如果你仔细看看我的手腕粗细，就会作出更准确的判断。当我的体重升到二百一十二磅，我会紧张起来，再减到二百零五磅。至于笨拙与灵敏度——我这辈子从没用过苍蝇拍。打斗之前，我的表情是焦虑而带着歉意的。我喜欢自信满满的对手，喜欢用手肘出招。

卢，忠实的狗狗，想速战速决。他弯起双手，下巴挨着胸口，喷着气，老远就开始挥拳，左右左右。他的拳头硬如石块，打得我生疼。他击中我的手肘、小臂和肩膀，其中一拳越过我的肩膀，打在我的脑门上。等我测出他的节奏，我回敬一拳，一记右手过肩打得他合不拢嘴。他的手臂不再挥舞，变得飘忽。再一记短快的左勾拳，我“咔嗒”一声让他闭嘴。他放低双手，我的右拳再次击中同一部位，他张着嘴倒下，翻起白眼。

小淑女尖叫起来。人们跑过来。我揉揉右手。“怎么了！”布瑞尔叫道，“出了什么事？”

我太恼火，说不出客套话，“我进来看画，以为房里没人。这位帅哥把小妹妹搞得浑身热气，乐不思蜀。他们不喜欢被打

1　一磅约等于0.45公斤。

扰，小妹妹让他扁我，但没成功。”

布瑞尔转向女孩，声音带着怒火，“安琪！是真的吗？”

她看看卢，看看她父亲，眼睛像石头一样，“到底是谁在这里胡搞，你真的在乎吗？”她啜泣着从布瑞尔身旁跑出去。布瑞尔太过惊诧，迟疑了一会儿才追过去，喊着她的名字。一扇门被摔上。他还在大喊。一辆跑车的马达响起，呼啸而去。橡胶摩擦地面，发出刺耳的响声。车子换挡开远，声音淡去。

“上帝保佑。”盖丽·布瑞尔说。她从桌上拿起一个花瓶，若有所思地站了片刻，然后把它扔在卢的头上，连花带瓶。兴登夫妇和我极力避免对视。

卢撑着地板坐起来。他看上去像个伤心肥胖的婴儿。他的双眼无法准确对焦。

盖丽在他身边蹲下，把手搁在他肉乎乎的肩膀上，轻轻摇他。“亲爱的，你最好马上滚蛋。以我对乔治的了解，他此刻正在给枪上子弹。”

他的眼睛对焦了，领悟了，睁得又大又圆，高度警觉。他跳起来，谁也没看，一句话没说，就笨重地摇晃着跑了。

盖丽对我们笑笑，说：“失陪一下。”她去找乔治。

我们走进长形的客厅，娇小的贝丝·兴登紧挨着她高大年轻、颇为肃穆的丈夫，“亲爱的，我真觉得我们该走了。”

“就这么走掉？”兴登踌躇地说。

他们给人一种很好的感觉，那种美好婚姻的气息。即使一屋子人被打散，他们依旧是一对，依然感知着对方。

“我去找盖丽。”她说完就走开了。

山姆·兴登好奇地看着我，说：“那个卢·达格是个彪悍的小伙子。后卫，还有一年毕业，职业球队都在盯着他。”

“是吗？”

他笑笑，“差不多吧。”

“也许他状态不佳，他应该用夏天做点别的运动。那个安琪是乔治的大女儿吗？”

“小女儿，只有她留在家里。琦琦是最大的孩子，她嫁了一个在新奥尔良念医科的小伙子。汤米在空军。他们都是玛莎的孩子。”

贝丝拿着钱包急匆匆地进来，“没事了，甜心，我们可以走了。晚安，麦基先生，希望能再见到你。”

我走到天台上，给自己调了杯淡酒。我能听见盖丽和乔治在互相埋怨。我能听见他们的旋律，但听不见歌词。怒火和指责。一个扎着黑辫子、穿制服的漂亮女孩走上天台，收起残留的鸡尾酒、点心，害羞地瞟了我一眼，轻手轻脚地离开。

乔治终于走了出来，很不高兴，对着我发牢骚。他把波旁酒倒在冰块上，冰块还没来得及凉一下酒，就一饮而尽，然后用力放下杯子。“崔维，盖丽头痛，她向你道歉。老天，今晚真是的！”

“替我向她道歉，告诉她我没想到那是她女儿，说话才那么无礼，那会儿我还在发火。我打了那孩子，因为他让我别无选择。”

他瞪着我，脸上的痛苦显而易见，“他们到底在做什么，麦基？”

“其实我什么都没看见。他把安琪的上衣和胸罩解开了，但她还穿着短裤。”

“她要到秋天才上大学。那只该死的猿猴！咱们出去走走，崔维。”

我们走到外面，坐进林肯。他快速开过迷宫般的漫长弯路，经过一幢与他家一样显眼的房子时放慢了速度。我瞥见那辆胜利。他加速开过，“盖丽说她会来这里，她最好的朋友家。”

他没再说话，直到我们向南开上77号公路，“你头一回来我家就发生这种事，真要命。”

“你比我更不好受。”

“我究竟该怎么看住她？那是盖丽的事，但她不用心。她说她管不住安琪，我是个大忙人，该死的。我得把这孩子送走，但送哪儿去？现在是八月，老天啊，你能把她们送哪儿去？没有亲戚家能送。你听到她怎么说我吗？”他用手掌猛敲方向盘，“你觉得呢，麦基？你觉得猿猴真的上了我的小女儿吗？”

“我觉得你开得太快了，乔治。我觉得他没有，目前。”

“对不起。你为什么觉得他没有？”

“因为如果他想这么干，就会带她到好下手的地方，没有人打扰。不过，从安琪的表情来看，下一步就是了，乔治。”

他又放慢了一点，“是啊，有道理。当然，也许他想说服安琪做这事。他在安琪身边混了差不多一个月。崔维，这是你今晚为我做的第二件好事。”

“安琪不太在乎他。”

“你怎么知道？”

“她跑出去的时候，小伙子一动不动。她都不知道我有没有把人打死。”

“说得对！这下我感觉好多了。麦基，你那拳一定打得很不错。”

“打倒他很容易。你又开得太快了。”

车子开到布朗斯维尔。他乱拐一通，然后把车停在一条小巷里。我们走进闷热的夜晚，走过半个街区，来到一家私人俱乐部寒碜的入口。这是一家男性俱乐部，里面有个舒服的吧台，飘着烤牛排的香气，还有一间玩牌室，绿色的灯罩下坐满专注的玩家。

我们站在吧台边，他说：“给我的朋友一把钥匙，克拉伦斯。”

酒保打开一个抽屉，取出一把黄铜钥匙，放到我面前。“这位是崔维斯·麦基先生，克拉伦斯。崔维，这把钥匙终身有效，付一块钱就能成为终身会员。给克拉伦斯一块钱。”我把钱递过去，“这里的一切现结。没有额外收费，没有审核，没有理事会。还有一间不错的蒸汽房。”

我们拿起酒，我跟着乔治走到一张角落里的桌子边。“饿了随时可以在这里吃。”他说，然后皱起眉头，“我就是不知道该拿小女儿怎么办？”

“琦琦和汤米不是相处得很好吗？”

他吃了一惊，“对，没错。”

“不用担心她。她长得很好，也很健康。如果让你知道琦琦和汤米这么大的时候都干了什么，说不定你会一夜白头。”

“老天，要是你再老个二十岁，麦基，我就雇你看着她，直到夏天过去。”

“你没法信任我的。”

“总之，不管你找我有什么事，都好说。我欠你的。”

“我想了解一些事情。”

“尽管说。”

“戴维·巴里在国外偷了多少东西，他是怎么偷的，又是怎么弄回美国的？”

这句话一下子扭曲了他，仿佛把他这个人从里往外翻了出来。他的脸色变得蜡黄，眼珠子前后翻滚，像是在找地方躲起来。他三次张嘴，又合上。最后，他一字一顿地说：“你是财政部的调查员吗？”

“不是。”

“你是干吗的？”

“只想混口饭吃，你懂的。”

“我以前认识一个叫戴维·巴里的中士。”

“不想说是吗？”

“我没办法。”

“你怕什么，乔治？”

“怕？”

“巴里有什么好怕的，他死了两年了。”

他吃了一惊，但不算太吃惊，“死了？我不知道啊。他死之前被放出来了吗？”

“没有。”

“我为他做过证，这没什么好隐瞒的。当时我还没退伍，必须到开审的驻地去。我说我和他一起服役两年，他是个能干的好人。我说我见他发过好多次火，但他从没伤害过谁。他还经常喝酒。某个肩上挂着崭新军衔、从没离开过美国的傻×上尉不喜欢戴维向他敬礼的样子，他让戴维站在街角练习。过了五分钟，戴维动手揍他，不停地把他拎起来又揍趴下，然后就跑了。要是戴维只揍了他一次，要是戴维没有跑……但我估计这些你都知道了。”

“我为什么会知道？我要知道他有多少钱、怎么搞到的、怎么带回来的？”

“我哪知道这些，朋友。鬼才知道。”

“因为你用同样的方法弄到了钱，然后用同样的方法把钱带了回来，所以你不会不知道，乔治？”

“我不知道你在说什么，相信我。”

“因为你不敢确定我是不是政府的人，是吗？”

“麦基，一直有很多人问我问题，我的回答都一样。你尽力了，麦基。吃东西吧。”他的气势迅速恢复。

午夜时分，我们离开小巷俱乐部。他表现得乖张而友好，同时保持警觉。他打开车门、一把甩开的刹那，我用手掌内侧猛击他的耳下，抓住他，把他塞进车里。我的胃里翻起一阵恶心。他处于半昏迷状态，像一只好斗的公鸡，空虚、自负，为了保存地位而拼命狂奔，但他也有活着的尊严，而我侵犯了这种自尊。一只鸟、一匹马、一条狗、一个男人、一个女孩，或一只猫——你欺侮他们，自己也变得渺小，因为你的所作所为只是证明自己同样脆弱。在突袭而来的惊骇面前，他的全身系统调整应对，将满溢的焦虑锁在沉睡的头颅里，以便自我保全。他曾吸吮过母亲的乳头，做过作业，梦想过骑士的模样，为一个女孩写过诗。有一天，人们会把他滚进坟墓，兑现他的保险。而此时此刻，一个陌生人把他当作玩偶把弄，这样做玷污了人性尊严。

他在整洁的后座上抽搐了一下，我在他的脖子上找到了准确的穴位，让他安静下来。确定四下无人，我把他拖进我的冷巢，拉下窗帘，各就各位。

我扒下他的衣服，把他捆起来，塞住嘴，然后把他放到淋浴间的地板上。他戴着假发，我扯下来，扔到洗手池上。他蜷伏着，像一只温顺、光泽的小动物。

一个人赤身裸体，不能说话不能动，不知道现在是白天还是夜晚，不知自己身在何处，也不知道自己是怎么来的，这样会使一个人很快崩溃。

冷水将他冲醒。我坐在淋浴间外的凳子上，让水一直开着，直到确信他彻底清醒，我关上水。他颤抖着，极度憎恶地瞪着我。

“乔治，你觉得有哪个政府部门会这么审问你？我有好几种方法让你彻底消失，绝对不留一丝痕迹。你已经睡了很久，乔治。有一堆人在找你，但他们找不到这里。绑架是犯罪行为，乔治，所以我们得达成协议，否则我没法放你走。”

他的眼睛闪现出几许新生的恐惧，但他在给自己打气，绝不屈服。

“我在追踪巴里的那点家当，需要你的帮助。你想好要说话了，就点点头，不然就把你烫成一根熟透了的大香肠。”我伸手打开热水。好的汽车旅馆的最高水温在一百八十度[1]，烧不了多久就能到。我放了点水和热气给他尝尝，他在地板上扭动着弹起，冲着嘴里的毛巾尖叫，发出轻微的噪音。他的双眼睁大凸起，忘了点头。我又给他来了一下，热气散去，我看见他拼命点头。保险起见，我第三次放水，他猛地弹起，用脑袋磕着淋浴间的地板点头。

我伸手拿掉他嘴里的毛巾。

他呻吟着，“哎哟妈呀，你烫伤我了。你要干吗？老天，麦基，你想干吗？”

我抬起手，伸向热水扳手。

1　相当于八十二摄氏度。

“不要！”他喊道。

“小声点，乔治。你现在又粉又嫩的。如实招来，告诉我你和戴维·巴里是怎么搞到钱的，一个字也不许隐瞒。哪里听起来不太像真的，我就把你烫一烫，试试看吧。”

稍加调教，他就和盘托出。从一开始，他就和巴里一起干。最初是倒债券，从中国买来，运回美国的一个朋友那里兑现，把钱寄回来再买更多。两边都能翻倍。等债券倒卖得差不多了，就开始弄黄金。他们一起干，但分开算，不完全信任彼此。巴里总是赚得比乔治·布瑞尔多，因为他不花钱，而是不断地投资到黄金上。巴里在加尔各答乔西林街上找到一个金匠，他能把纯金铸得和飞机零件一模一样。巴里会把黄金用砂纸磨一磨，涂上铝漆，装在飞机上。到了昆明，会有人把金子熔成标准金条。这是检查严格起来之后，他们想的办法。最后，他们要被轮调回国的时候，布瑞尔搞到六万多美元，他敢肯定巴里的钱最少是他的三倍。他们休了个假，搭飞机去了锡斯里兰卡。这是巴里的主意，他全都想好了，还尽其所能了解到关于宝石的一切。现金让布瑞尔不安，于是他跟着巴里去了。他们花了整整十天，买下他们能找到的最昂贵的宝石。深蓝宝石、蓝星宝石、深色的缅甸红宝石、红星宝石。有些宝石太大，塞不进军用水壶，他们就把水壶切开，放进宝石，再把水壶焊回去。他们把熔蜡倒在宝石上，把它们固定。蜡变硬之后，他们再倒满水，把水壶挂在腰带上，腰缠万贯又紧张不安地回到美国。

"我觉得从来没人怀疑过巴里，他口风很紧。但有几次我喝多了，说漏了嘴，就有人找上我。我跑回家，把宝石藏起来，不敢碰。当时我在等退伍通知，然后法院传我去为他的审判做证。他被判无期之后，我找了个和他单独在一起的机会，想和他谈个条件，告诉我他那份在哪儿。我会取走合理的一部分，然后照顾好他的家人。想都别想。他不信任我，他不信任任何一个足够聪明机灵的人。嗯，他要自己搞定，不出一点问题，然后好好补偿他的妻子和女儿们。

"我自己的那份三年没动，后来我需要用钱，要买块地，地价划算。在国内卖掉宝石，这个风险我担不起。玛莎和我去度了个假，去了墨西哥。我在那边联系了些人。我被宰了一刀，但至少觉得保险。我只拿到四万多一点，然后每过一阵子往生意里投一点。我很小心，但他们找上我，拿净资产说事，想控告我欺诈，说我隐瞒收入。为了那该死的四万块，我花了十万块来摆脱诉讼。所以我不能告诉你，我不能冒这个险。逃税没有追诉期，到现在他们还可以把我关起来，因为我没有申报海外所得。我在他们的记录上劣迹斑斑，他们每年都要来搞我，永远也不会停止。看在上帝的分儿上，让我走吧。"

我给他松绑，扶他起来，搀着他走进卧室。他坐在床边，秃头垂在光溜无毛的膝盖上，哭了起来。

"我不舒服，"他说，"我真的不舒服，麦基。"

他缩成一团，牙齿打战，嘴唇发紫。我把他的衣服扔过去，他飞快穿上。

“这是哪儿？”

“离你家大概两英里。差不多三个半小时前，我们从俱乐部出来。没有人找你。”

他瞪着我，“你知道你刚才的样子吗？看上去，把我弄死你会很享受。”

“我不想在这种事上耗时间，乔治。”

“你那种搞法，我受不了。”

“谁都受不了，乔治。”

他摸摸秃顶，“在哪儿？”

“浴室里。”

他蹒跚进去。过了一会儿，他走出来，头发复原，但他憔悴的脸庞让假发显得更假。他坐回床边。我们俩，一个是施害者，一个是受害者。一般来说，我们之间应该充满敌意，但很多时候却并非如此。这种关系开启了太多的情感冲突。暴力独立于外，仿佛一阵轻风吹过，为我们留下共同的经历。他急于让我知道他已经调整过来，我则急于让他相信我别无选择。

“你是卡洛维的朋友？”

“不是。”

“我好心好意给那个呆子写了封信，他居然没怎么理我。”

“我是通过他找到你的。”

他好像没听见我的话，“卡洛维对任何越界的搞法都紧张得要命。他会检查飞机，四处查看，就在他的肥脑袋上面，有些固定降落绳索的支架就是纯金的。我拿这个和戴维开玩笑，他一点都不觉得好笑。他对什么都特别严肃。老天，他知道把钱留住能翻倍之后，往家里寄钱的时候备受煎熬。我在加尔各答有一辆私家车和一个私家车库。在那边，我也有老婆和两个孩子。但戴维与我的不同在于，他觉得自己能永远活下去。”他剧烈抖动，“崔维，能送我回家吗？我感觉很不好。”

我开林肯送他回家。我租来的车停在他的车道上，那辆胜利也在三车车棚里，停在一辆小旅行车旁。我把林肯开进剩下的车位。房子后部的灯光亮着，我和他走进大厨房。厨房中央有一张大理石台，果木墙壁上挂着一排铜锅。

盖丽·布瑞尔走进来。她穿着一件大翻领的粉红色睡衣，金发蓬乱，双眼在灯光下眯起。

“亲爱的，我有点不舒服。”乔治说。

“他着凉了。”我对她说。

她接过乔治，走到门边，转头说：“等我一下，崔维。”

我在冰箱第二层找到一瓶冰的塔伯啤酒，然后靠在大理石台上喝起来，觉得不真实。我走在现实的薄层上，踩着不舒服，会陷下去。如果走得太久，踩到脆弱的地方，就会掉下去。我想下面一定漆黑一片。

十五分钟后，她回到厨房，看见我在喝啤酒，自己也拿了一瓶。她梳了头，眼睛也适应了光线。

她靠着不锈钢水池，喝了口酒，说："他吐了。我给他开了电热毯，让他吃了粒安眠药。"

"他只是情绪不太稳定。"

"你第一次来布瑞尔家，这架势可不得了啊。"

"你为什么要我留下？"

"你就不能等我们把这事处理完，非得这么甩手就走吗？"

"现在是凌晨四点，我不在状态。"

"你给他带来了什么坏消息吗？"

"我不明白你的意思。"

"乔治一直在拆东墙补西墙，手头越来越紧。我想省着点过日子，可他不听。任何小事都可能成为最后一根稻草，然后天就塌下来。"

"你怎么知道这不是我的目的？"

她一脸苦相，"那我就看错人了。他今晚有没有说起我？"

"没有。不过很高兴知道你要我留下的原因。"

"为什么？"

"你们家的女孩回来之后，希望你和她好好谈。"

"我没其他办法，是吧？继母和孩子的谈话，没用的，不是吗？是女人之间的谈话，我们算是停火了。"

"下回她再这么乱来，盖册，就瞒不过他了。"

"这一点我会同她说明白，如果她爱自己的父亲，用那种方式让他知道我出轨，这也太离谱了。这个世界真让人搞不懂，麦基先生。她自暴自弃，因为她信任我，而我对她父亲不忠。”

“她真的知道吗？”

她的笑容很难看，“眼见为实，那是六月的事。孩子们太天真了，我该怎么向她解释其实没什么，只是一个老朋友，一时冲动，我也没想过，只是因为旧情。我听到门开了，转过头，看见她在门边，脸色惨白如纸，然后甩上门跑掉。从那以后，我觉得自己很下贱、很恶心。出事之前，我们越来越喜欢彼此。现在她觉得我是个怪物，今晚她想用伤害自己的方式来伤害我。我只是希望乔治忘记她说的话，没有这摊乱子，最近他的脑子已经不太好使。”

“他没提那些话。”

“那就好。是安琪的事搞得他这么不舒服吗？”

“有可能。”

她抬起漂亮的头颅，审视着我，“崔维，你看上去那么从容自信，也许你很懂人心，可以告诉我，对安琪该怎么办吗？”

“我没那么自信。”

“我只是希望有个起头的方法，我没法靠近她。她看我的眼神带着愤恨，我没法向她解释。”

“你是个好人吗，盖丽？我说的好，是指你是否愿意放弃一切，来挽回一个人？”

她惊了一下，“我不知道，我没这么想过。我觉得自己有点太沉溺奢华的生活，所以嫁给了乔治。我很空虚，喜欢男人仰慕自己。我也会不合时宜地举止粗俗，但我努力想变得……变成更好的样子，想改变自己。我的出身很卑微，崔维，我是穷乡下来的，家里挤满了小孩，房间不够。龙卷风、水灾、大火，我们全经历过。长大以后，我明白只要穿上裙子和红鞋，我就能得到想要的好东西。我也慢慢聪明起来，知道廉价的手段只能换来廉价的东西。这幢房子和这种生活，这些是真正的好东西，但有得必有失。我不知道，也许我是个好人，但很难放弃这一切。”

“那就全都告诉安琪，卢的事证明她已经不小了，让她认同你，对她实话实说。乔治·布瑞尔干的那些事，一直到你的冲动失足，还有你对她的感受，不要隐瞒任何东西。别让乔治把她送走，把她留在家里，直到她全部了解，能够想通。”

“她会讨厌我的。”

“她已经讨厌你了。”

她沉思了片刻：“唉，今晚我是睡不着了，得到处走走，好好想想。”她放下空瓶子，“我有预感，觉得不会再见到你了。”

“我还要见一次乔治。”

Nueve

窗外的天色已经转灰，我给苏苏的电话打迟了。她怒火冲天，冷静下来后，她报告说凯西虚弱地躺在病床上，说话的声音很小，只有只言片语。苏苏还说，她喜欢露易丝·阿金森，一惊一乍，眼神癫狂，但人很好。她们聊了聊舞蹈。露易丝小时候学过芭蕾，但后来长得太高。我什么时候回来？也许今晚，周五。佛罗里达已经出太阳了，但这里还没天亮。她找了个人代她守着凯西，那姑娘还行，但喘气声太响了，老远都能听见。快回来吧，亲爱的麦基。

我睡到十点，安排了下午的航班，然后打电话给一个在纽约的老江湖，问了些问题。他是我的老朋友，到处钻营的怪人，他的业务从波拉克[1]的伪作到收工会会费，从搜寻八卦专栏素材到做代笔枪手。我说我会再联系他的。

1 原文为Jackson Pollock，1912—1956，立体派画家。

我退房，很快吃了早餐，然后去乔治·布瑞尔家。我见过的漂亮女佣让我进门等，跑去问布瑞尔先生，然后带着我去见他。他已经恢复过来，正在看报纸、喝咖啡。他坐在一张巨大的圆床上，床的上面有个粉红色的罩子。在这间华丽而女性化的卧室里，乔治看上去萎缩而错位，像生日蛋糕里的一条死虫子。

他把报纸扔到一边，厉声说："关上门，把椅子拉过来坐下，麦基。"

他用自傲迅速地弥补颜面，同时还重塑过去，让自己好看点。

"你够可以的，小子。我昨天喝多了，很担心安琪，而且最近一堆事搞得我筋疲力尽。"

"我是趁火打劫了，乔治。"

"我说了太多话，有些话我都不记得。我好像感冒了。"

"我也确实挺狠，乔治。"

"我想知道现在是什么情况？"

"怎么说？"

"我警告你，小子，你想搞我就大错特错了。如果你想让我花钱消灾，就别想了，我也可以狠起来，非常狠。"

"你打算玩狠的吗？"

"我在考虑。"

"我想，要是查税的那帮人知道该怎么查你、知道该调查你的哪些经历，他们就没那么好对付了，乔治。"

他咽了下口水，从盒子里抽出一根烟。"你吓不倒我，没用的。”

“我觉得我们应该忘了这件事，彼此谅解，乔治。”

他愣了一下，“你不是来敲我一笔的？”

“说实话，就算我是干这个的，我也不觉得你有那么多钱值得去敲。”

“我有钱。”他愤慨地说。

“乔治，你只是活得光鲜，两年以后，要是你还剩一分一文，我会很惊讶。我只想从你这里打听消息，还要确定你没在忽悠人。我在找戴维弄回来的东西，目前只找到破水壶。在热带地区埋了十八年，已经不剩什么。”

“有人先得手了？”

“但东西还没怎么动，乔治。”

他挤出一个虚弱的笑容，“你只想打听这些？”

“我已经说了。”

他坐起来，“随便你什么时候来这边，崔维，这房子就是你家。要是你想换换运气，我这里有些生意没时间打理。再过十年，这地方会变成最……”

“我知道，乔治。”

我走向楼道，他叫住我，我又回到房间。他舔舔嘴唇，“如果你遇到麻烦，需要解释清楚……”

“我觉得你最好祝我好运。”

他照做了，然后倚靠在细棉枕头上。我往房子外面走，回头透过阳台的玻璃门朝露天泳池看去。盖丽和安琪在那儿，站在泳池的远端，专注地说着话，在天热起来之前沐浴阳光。安琪穿着保守的泳装，而她的继母穿着比基尼。远看，她们是同龄人。看过穿着衣服的盖丽，她的身材令人有些失望。她的胸部小而挺，上身很长，修长绵软的躯干一路变宽，连接肥硕的臀部和多肉的大腿。安琪突然转身跑开，盖丽追上去，抓住她的手臂，拽住她，和她说话。女孩样子阴沉，脑袋低垂，然后默许盖丽把她拉回一张太阳椅上。她伸展开，面向太阳。女人拉过一张白色的金属椅，坐下来，俯视着与女孩说话。也许是阳光折射出的错觉，当我转身离开时，似乎看见女孩的脸颊上闪过一滴银色的泪光。

这家人仿佛在演马戏，每个人在摇摆的竹竿撑起的小台子上保持平衡。台下的观众哇哇大叫，等着看好戏。空虚又愚蠢的男人，年轻又大意的妻子，以及备受折磨的女儿，他们都跟着冗长的鼓点摇摇摆摆。当舞台塌下，那座完美无瑕的大宅很快就有人接手，那辆林肯会被一个墨西哥牙医买走。谁会幸存下来？也许是乔治，因为他从最低处跌落。

飞机切过一条斜线，从休斯敦向东南方的迈阿密飞去，飞越沉默如镜的蓝色海湾[1]。我想象不苟言笑的戴维·巴里钻出夜色，搬开厚石板，把闪亮的宝藏塞进石柱底部，再把石板搬回去，然后等着家人醒来，发现自己出现在眼前。他知道家里的女人处理

---

1 指墨西哥湾。

不好这些棘手的蓝宝石，他知道没人值得信赖，所以他要碰一碰运气，要顽强地活着回来。后来，小艾伦嗅到了秘密，靠近他，套他的话，挖出了他的秘密。

也许，绝望之际，戴维·巴里甚至考虑过信任小艾伦，但他又打消了这个想法，或者死神抢先了一步。然而小艾伦知道他藏着东西，搬了过去，日思夜想，东寻西找，终于找到了。

巨大的蓝莓松饼一样的蜡块？雨水、炎热和带盐分的湿气已经把容器侵蚀掉了，也一定有某种吃蜡的虫子。但艾伦跪倒在地，呼吸急促，心跳加速，把它们取出来时，混在灰白茎秆与土石之中的，也许就是散开的闪光宝石。

虫子会吃蜡，啃掉破旧的帆布。总有一天，它们会变异，出现能消化水泥、溶解钢铁、吞下酸液、靠塑料养肥、能舔穿玻璃的新品种。那时，城市会瓦解，人类被赶回自己的海洋故乡……

艾格尼丝小姐的黄色大前灯射透薄暮，我转进巴伊亚玛，找了一个离“缺角同花”不太远的车位。我的船上有灯亮着，有一种家的异样感。欢迎回来，远行的人。我发出响动，以免让她警觉，然后跨过铁链上船。她打开休息室的门，吓了一跳。

她笑着退后一步，“你好，或者欢迎回家，不知该说什么，崔维。”

三天时间，她变了个人。深蓝色紧身裤，上面印着可笑的小郁金香，七分袖的黄色柔软上衣，头发剪短了，脸庞、手臂和脖子上有刚晒出来的铜色。

“你是游客！”我说。

“我觉得这样穿就不会显得那么瘦……”

“沙滩妞。”

她直起身子，“是吗？你以为我只干了这点事？”

她领着我走了一圈，我不得不由衷赞叹。过道墙上的漆皮被刮了下来，涂上了更好看的颜色，上面换上了新窗帘，厨房里有一套崭新的碗。她要我等到白天再去看船身，白天能看得更清楚。

我把手提箱放进卧室，然后回到休息室，说她是个能干的客人。我们相视而立，微笑着。她扑向我，抓紧我，痛哭了一下，又转开，吸着鼻子，背对着我。

“怎么了？”

“我不知道。”

“别这样，露易丝，出了什么事？”

她很快镇定下来，“非得是出了什么事吗？说不定我只是高兴你回来。我不知道。”

她正开始重建女性的一面，心计、迂回、挑战。这是她的自尊在作怪。她在康复，我很高兴，但不想用力触碰她的内心，那里还太虚弱。

“我给你倒杯喝的。”她说，“房子卖掉了。”

“拿到钱了？”

“很快。”

“难过吗？”

"房子？只是一幢房子而已。我之所以躲在那个可恨的社区里，是因为我觉得自己是个很坏的妻子。"

她拿来酒，递给我。

"你是不是有点太胖了，亲爱的？"我问。

她笑了，"一百零七磅，今天下午称的。"

"你的正常体重是多少？"

"噢，一百一十八到一百二十。"她拍拍臀部，"超过一百二十磅，重量全跑这里。"

"既然你不必再躲藏，接下来有什么打算？"这是一个愚蠢的问题，拙劣而无想象力，说出口就无法挽回。这话让她意识到自己是个负担。如果她小心翼翼，可以过一天是一天，而我撼动了她内心的脆弱。那双深色而愉悦上扬的眼睛变得惶恐不安，她咬住嘴唇，双手交织。"不是说现在，"我试图挽回现状，"是以后。"

"我不知道。"

"纽约怎么样，崔维？纽约很热，露易丝。得州怎样，崔维？得州很热，露易丝。好玩吗，崔维？没什么好玩的，露易丝，我说不上来是什么感觉。"

她打量着我，半笑不笑，"噢，闭嘴。"

"今晚我带你出去吃饭好吗？"

"噢，不行！我要做饭，真的。"

我看看手表，"我要去医院看个人，晚饭等我回来，等我回来之后过四十分钟再吃吧，留点洗澡、更衣的时间。”

“好的，主人。噢，我还欠你六美元三十美分的电话费。”

“你的裤子真性感，阿金森太太。”

“我打给哈珀了，和露西说了话。我基本上什么都没告诉她，只说我病了，现在好点了。”

“你脸红了，阿金森太太。”

“别再提这条裤子了，我今天买的，还不习惯。”

凯西在一间六人病房里。我拉过一把椅子，吻了她的额头，坐在她身边。我希望自己的脸上没有显出一丝沮丧。那张苍白、沉思、相当漂亮又骨架精致的小脸不见了，变成了暴风雨前的黄昏、一只熟透了的茄子、一朵硕大的蘑菇。她的棕色眼睛裂开一条小缝看人，她的左手绑着夹板。“你好。”她的嘴唇肿胀，声音死气沉沉。我站起来，拉开窗帘，再坐回去，拿起她那只没有受伤的手，摸起来松软、温暖又干燥。

“小艾伦？”我低声说。

“你不用在意我，麦基先生。”

“我以为我们互称凯西和崔维……他为什么这么干？”

从她脸上伤痕累累的肉块中读不出任何表情。她看着我，躲回痛苦和侮辱之中。“这和你没有关系。”

“我想知道，因为你是我的朋友。”

她合上眼睛。过了好久，我以为她睡着了，她又撑开眼睛。“他到酒吧来，进了巴哈马厅。我发现他在看我们，我把演出搞砸了。我不知道是巧合，还是他听到了什么风声。之后，我赶紧穿上衣服出来，他已经走了。我跑到外面，看见他走过停车场，我就追他。我抓住他，说我想和他谈谈。他说没什么好谈的，我说我们谈谈钱的事。他起了疑心。我们朝海滩走，然后我说，只要他能从他搞到的钱里给我一点，哪怕一千块，我就不会为其余的钱找他麻烦。他问我找麻烦是什么意思，我说他找到了不属于他的东西，对吧？他笑了一下，短促丑陋的笑，然后说我根本不懂什么叫麻烦，说完就很快地伸手掐住我的喉咙，用另一只手捶我的脸，还打了我的肚子好几下。他揍我的时候天昏地暗的，我醒来的时候在救护车上。现在……现在没那么痛了。”

“凯西，你为什么不报警？”

“我差一点就报警了。”

“为什么没有呢？”

“不是怕他再打我，而是怕整件事都会曝光出来，我就肯定一分钱也拿不回来了。而且……会搞砸你现在做的事，崔维，可能会把你牵扯到警察那里。”

对这样的一个人，你能怎么办呢？我抬起她的手，亲吻她粗糙的指节，说：“你很了不起，凯西。”

“我感觉自己一无是处。”

“还是有几个好消息的。钱到底属于谁，是查不出来的，就算查出来，也没法还回去。”

“藏的到底是什么？”

“等你出院再告诉你。”

“他们不肯告诉我什么时候能出院，但今天我站起来了一会儿，缩手缩脚的，头很晕，但我扶着一位女士，一直走到洗手间。所以，也许不用等太久。”

我和她道别，她说：“你能来看我真好，我很感激。”

那晚我和露易丝聊了很久，和她说了我的历险记，内容有所改动。后来我上床睡觉去了，入睡之际，我还听见她的淋浴声。

她爬上床，闯入我的睡眠，吻我的嘴唇，将我唤醒。奇怪的是，我既不惊讶，也不觉得意外，我的潜意识知道会这样。女人是神奇的创造物，她们芳香、玲珑、局促不安又一尘不染。她披着薄衫，系在脖子上，往下就欣然敞开，袒露温暖的身体和极度柔滑的肌肤，投入我苏醒的怀抱。她呼吸颤抖，飞快地轻吻了我一百下。她的爱抚又轻又快，她的身体扭转、发热、滑动、变幻，她的自我喷涌而出。她的嘴里说着甜言蜜语，她的头发在黑暗中发出丝丝甜味。她动个不停，像一只亲热的小猫，使出浑身解数碰撞你、缠绕你、推开你，喉咙里咕咕作响。我想迎合她，温柔地听从她，从容地循着她的身体和她的愿望，带给她亲密的时光，有进有退，有急有缓，让她慢慢进入状态，直到在我们之间建立那么一种重要性。

可突然间，她的状态不对了。她不断地从甜美的狂乱中跌落，再重新振作，但不及之前。我们还没有结合。她想抓牢一切欲求，但欲求在不断衰退，浪潮越来越小。每一次抚摸，她的身体都愈发淡漠。

终于，她放声哭泣，甩开身体，蜷成一团，背对着我。我碰了碰她，她的肌肉僵硬。

“露易丝，亲爱的。”

“不要碰我！”

“别这样，亲爱的，你只是……”

“败坏，败坏，败坏！”她拖着长音，低声哀号。

我想抚摸她，伴随歇斯底里而来的极度紧绷让她的身体像块木头。

“肮脏败坏！”她呻吟道，“有些事情你不了解，那些肮脏的事情，永远也没法变好了。我让他做了那些事，我也跟着做了。我没有反抗下去。”

“给自己一点时间，露易丝。”

“我……爱……你！”她呜咽起来，既是抗议也是悲悼。

“你太急了。”

“我想要你。”

“还有的是时间。”

“我没有时间，我忘不了，那些回忆会伴随终生。”

我把双手枕在脑后，想了想。非常动人的一幕。她精心准备了一番，修了眉毛、擦了香水、洗净身体、涂脂抹粉，颤抖着向拯救自己的英雄献上奖赏。然后，在黑暗中，小艾伦冲她得意地一笑，一个女人必备的价值感就在她身上消失了。她将礼物细心包裹好，贴上爱的标记，突然间，包裹里的东西成了一瓶烂泥。她太急了，但如果我一上来就回绝她，可能会让她伤得更深。我不知道斩钉截铁是否好过安抚慰藉。

“真是太戏剧化了，露易丝。”

“嗯？”

“好难过啊。永远败坏、被玷污、迷失而无助，坎多岛的堕落女神。天哪，不得了！”

她缓慢而谨慎地松开身子，保持着距离，偷偷地收拢衣服。“别这么恶毒恶心，”她用平静的语调说，“至少有点同情心。”

“同情谁？一个三十一岁的少女？拜托！你以为我饥渴难耐，谁送上门来都要？有时候我犯傻，或者有点低落，会这么干，但事后感觉很差。我感觉差，是因为我是个不可救药的浪漫的人，觉得男女之间不该玩动物那样的追逐游戏。我们刚才那样，连动物都不如。亲爱的，如果我觉得你是个堕落的女人，作为一个浪漫的人怎么享用你呢？不，亲爱的露易丝，你从头到脚都甜美干净，全身上下新鲜完整，还傻得可爱。”

“去你的！”

“有件事没告诉你，亲爱的。是小艾伦打了凯西，用她的话说，是一只手掐住她的喉咙，另一只手捶她的脸，把她打得面目全非。她没有报警，不是因为害怕，而是因为想到我在帮她，我可能会被牵扯进去，警察会整我。我一直拿她和你作比较，相比之下你表现得不太理想。你自己比比看吧。”

她沉默了好一会儿。我猜不出她会如何反应，但我知道这是一个关键时刻，也许足以给她将来的生活带去平静。同时，我憎恶自己，就像憎恶所有其他的业余心理医生、客厅智者、吧台哲学家。

“可我病了一场！”她像个小女生那样，声音尖厉滑稽。片刻惊诧之后，我想起这句话是某个古老的关于老鼠的笑话里的笑点，于是我知道这姑娘会好起来的。我爆发出一阵大笑，过了一会儿她也跟着笑了。我们像小孩子一样笑出了眼泪，笑声不断退去又重新爆发。我很高兴她没有重复笑点，打断我们的笑。

之后，她坐起来，她的身影在黑暗中苍白纤细。她找到那件半透明的薄衫，把它搭在肩上，静悄悄地走了，只留下门锁发出的咔嗒声。水声响起，门缝下有一线光亮，过了很久才熄灭。此时我觉得自己读懂了她的心思，我等待着。门轻轻一响，那羞怯的幽灵飘向我，一切从头来过。

好几次她又畏缩了，我把她拉回来，用温柔与耐心、和颜悦色，并诉说她的甜美。终于，耐心有了回报，她大声的呼吸碎成六块，她的身体倾听内在的自我，寻找着，感到确定，然后饥渴地接纳我。

之后她蜷起来，懒洋洋地靠着我的胸口，她的心跳和呼吸慢了下来。“我没有太急。”她低声嘟哝。

“嗯，没有。”

“美好……”她说，“真美好。”说完她躺下，筋疲力尽，沉沉睡去。

假装没事，我可以立马睡着，但我感觉我把自己带入了要命的死角。责任的尽头在哪儿？你给一个残疾人买个擦鞋的工具盒，就能打发他走吗？我有一种感觉，身旁睡着的人现在是我的了。当然，她是一件杰作，有好看的骨架、真实的内心和完美的肌肤，会给我做饭、爱慕我，而且有做爱的天赋。把她缝进麻袋，滚到泥里，她依然是一个淑女，不可能变成别的。你可以带上她四处游走。

可我天生无法拥有什么，也无法维持任何关系。我可以修补她的精神状态，却终将击碎她充满爱意的心。到时候，她也许会发现这很不值得。

如果奥林匹斯山上的讽喻之神收听到一个愚蠢男人的夜思，他一定会笑得飙泪、满地打滚。

在这方面，我是好几项世界纪录的保持者。

Diez

我不知道她早上会是什么样子，只希望她别像个小女生那样雀跃又傲娇。

我走进厨房，她在倒橙汁。她郑重地转身，期待我的吻。她微微抬头，斜视的眼里闪过一丝估量的神情。

“体温正常，心跳正常，病人很饿。”她说。

“什么？”

“麦基诊所，清晨报告。我在煮荷包蛋。”

“半熟。”

“好嘞。”

吃早饭时我们沉默不语，却不感到拘谨。

她倒了第二杯咖啡，坐下来，看着我说：“我成了你的一大负担，崔维。”

“我时时刻刻都在忧虑这事。”

“谢谢你的忍耐和耐心，你荣获了露易丝奖章。”

“和我的其他奖牌挂在一起吧。”

“我在甲板上看日出，有积云，很好看。我得出了一个无比重要的结论，在我能够有所付出之前，最好不要想着付出什么，否则的话，我的付出只是索取。”

“早上我一般听不懂复杂的话。”

“今后一切主动出击都由你来把握。”

“挺合理的。”

“要是你不主动，不用担心我会怎么想。昨晚我提前得到了补偿。”

“好的。”

“把咖啡喝完，我带你去看看菜鸟把你的船搞成什么样了。”

她的努力值得称颂。我赶她去海滩，让她带上全部装备。三分钟后，她又回来，只为告诉我虽然她不能保证时刻清醒，但她觉得可以不用吃药了，说完又朝海滩走去。她戴着太阳镜，身形轻柔，一双美腿。她比实际年龄要年轻许多，却又如面前的大海一般苍老。

接线员试了一个又一个号码，终于找到了纽约的哈利。

“关于你的问题，老弟，回答应该是肯定的。几个月前，一批好东西这里一点那里一点冒出来，可以说是最上乘的东西，似乎该有个产品说明，比如在保险单上。但这批东西没问题，据说。全是亚洲过来的，和往常一样，有些地方切割得太粗，损失了一点。这批东西这里一点那里一点冒出来，最后流进珠宝街，每个经手的人都分上一小杯羹。现在这批东西在顶级珠宝店里展示。你可以在这一期的《纽约客》上找到一则广告，第八十一页，卖的价钱让我仅存的三根头发翘起来。这批顶级货数量不少，最少十个，最多十五个，除非有人捏在手里不拿出来。至于货源，老弟，我在珠宝街上这里听一句，那里听一句，拼起来看，卖家是个满面笑容的粗人，但一点不蠢，一次出手一个，不着急，要现金。听说他把一个家伙摔到墙上，之后就没再遇到麻烦。他说自己还会经常回来，还有更多东西出手。”

“他搞到多少钱？”

“最少四万。这批东西很值钱，老弟，他愿意等鉴定，证明不是假货。拿现金的话，价钱会打折扣，但他善于让买家们去较劲。”

“你要是有同样的东西，能不能搞定？分你五个点。”

“你吓到我了。给我十个点，我可以玩得更好。”

“等我拿到了，我们可以再谈。”

“我都一把年纪了，别刺激我。”

“哈利，你能不能帮我搞到一大块蓝宝石，和他出手的平均大小差不多？一块赝品，能让专家犹豫一会儿。”

“只有两种赝品可以做到，老弟，很差的那种和很好的那种。很好的那种价钱很高。”

“多高？”

“要看行情，反正是大数。”

“你能租一个或者借一个，用航空邮件寄给我吗？”

“调包可不是好习惯。”

“我不打算调包。”

“我可以帮你安排。”

“这个我不担心，我相信你搞得定。今天可以安排吗？”

“妈呀！”

“我不想找别人，尤其在拿到真品之后。”

“我尽力而为就是了。”

接着，我继续在黄页里翻找码头的号码。这些年青铜、黄铜、铬合金、玻璃、纤维、木板船、柚木、自动驾驶仪、三角旗、动力先遣舰队帽、尼龙绳产量大爆发。这堆东西轰鸣而来，都需要停泊之地。理想的场景是，柚木驾驶舱温柔地载着晕乎乎的古铜色女孩，鹰眼船长站在船顶，驾驶着“亲爱的宝贝”，慢悠悠地从升起的桥下驶过，让上百辆车堵在烈日之下，让司机们仇恨地看着那懒洋洋的水上性爱花车从桥下流过。但现实情形往往惨不忍睹，“亲爱的宝贝”在恐怖的海浪中漂荡，女孩们被毒日折磨、大呼小叫，英雄船长用擦破的手紧抓扳手，冲着正在榨干他的钱包、毁掉他的出海保险的海洋恶魔粗声尖叫。

但他们总得靠岸。

小型游艇有无数选择，能停下四十英尺大船的地方也不少。

我打了一个多小时的电话，每次只问一个问题："最近有没有一艘四十英尺长、定做的、叫'逍遥游'的斯塔德游艇来过？"

我的假设是，他去"迈尔海滩"的时候得把船停在附近，但在一次次的否定回答中，这种假设越发弱不禁风，我只能假设他停在别处。于是我开始打长途，沿着海岸问过去。

露易丝从海滩回来。我坐着怒视电话。她浑身发红，被太阳晒得晕乎乎的，动作迟缓，头发被海水泡沫弄湿，屁股上沾了沙子。她带着孩子般的天真，伸出小手掌，上面是一个完整的白色小贝壳。她的声音被烈日的热度熏昏，仍未苏醒："这是我第一次见到完整的贝壳，也可以说是第一次见到贝壳。一个白色的小盔甲，里面的动物死了或者跑掉了。为什么有些东西看上去那么清澈透亮、意味深长？这些傻傻的小东西。"

我坐在一张矮凳上，对电话恨之入骨。

"怎么了？"她说，然后将一边的臀部靠上我的肩膀。以她纤瘦的体格，臀部感觉特别温暖、沉重、丰满。这是她无意识的动作，她发觉之后立刻移走，把自己吓到了。

"小艾伦喜欢把船停在哪里？"

她不自在地走开，坐到沙发上，"多半是小地方，不是那些大码头。我觉得他喜欢停在某个地方，显得自己的船最大。有水龙头、电源和燃料就行，他只需要这些东西。他喜欢长条形的船坞，好把船头朝向主码头。”

“小码头我也试了。”

“但他打了克尔女士之后，难道不会逃走吗？”

“我也想过，但他之前在哪儿？他不可能知道我们要做什么。我猜想他以为克尔会报警，就把船开走了。”

“回巴哈马？”

“也许。我说不定能找到他之前待的地方，然后去那里到处问问，看看他会去哪儿。他有没有说起过他想做的事，或者想去的地方？”

“他有一次说过想绕墨西哥湾到得州去。”

“好吧。”

“崔维，我觉得他会停在某个私密的地方，就像停在我家的码头。”

“这也挺有帮助的。”

“是你让我说的，我只是想帮帮你。”

她带着温柔的怒火看着我。她是生命经历了几亿年进化后的产物。这当中有许多随机的生与死。那些穿着一身盔甲的小脑壳蜥蜴没能熬过来；鲨鱼、蝎子和鳄鱼，就像活化石一样，还活得挺滋润。凶残、剧毒和狡诈是很好的生存筹码，而这个直立行走的雌性哺乳动物似乎缺少必要的生存工具。让她在沼泽地待一晚上，足以要她的命。然而，脆弱的背后，她却坚韧得惊人。小艾伦这样的人不及她进化得完善。他是个蛮人，刚走出洞穴没两步。他们俩处在人类曲线的两端，其他人游荡在中间。如果人类还在进化，如果我们认同敏感不是弱点而是力量，那么她这样的人就是我们繁衍的标准。可是，这世上有太多小艾伦了。

“帮我找到他的船。”我对她说。

“什么意思？”

“如果要找出他的船在哪儿，我需要知道哪些东西？随便什么。”

她慢慢起身，若有所思，然后去洗了个澡。我知道这对她来说是一种折磨。她试图抹掉那段时间里的所有记忆，而我现在要强迫她回忆。那是一段纠结缠绕、从酒精中滤出的回忆。

她突然冲进休息室，裹着我的一件蓝色大浴巾，头上围着一条白色的毛巾。她的脸变得狭长而专注，五官也更为鲜明。

“最后一次出海……”她说，“我不知道有没有关联，我们停在迈阿密的一个类似修船厂的地方，名字我不记得了，好像是为了一个新的发动机。他一直抱怨发动机的噪音。他们把舱口盖拆下来，做了很多测试。有个人说要好长时间才能搞到小艾伦要的发动机，他很恼火，但还是订了一个，付了订金。他订的是一个刚上市的新型号。”

她坐在我身边，我们一起翻阅黄页。她用修长的手指掠过纸上列出的名字，突然停下，“这里，就是这家。”

罗宾森-三德，在丁拿礁下面，英格拉罕高速出口。维修、停靠，大活、小活都接。

“也许东西还没到……”她细声细气地说，身子颤了一下，“我害怕，崔维。我希望东西到了，他装上，然后开走了。我希望你永远找不到他。”

我给露易丝买了午饭，送她回船屋。我把艾格尼丝小姐停在罗宾森的大停车场。就算在夏天淡季，这里依然忙碌，船坞看上去停满了。他们的船坞盖成长长的一排，还有两个大仓库，供小船进出。商店在几幢钢筋水泥的楼里。虽然是周六下午，电锯、焊枪和其他电动工具开动着，不过可以想到，只有普通员工在干活。这里有很多支船架、起重机、船坞和水道。办公区域紧靠最边上的一幢商店楼，离卡车下货处很近。

办公室里有个女孩在坐班。她一头红发、身材圆胖、神情冷淡，一只眼睛微微斜视。

“我们还没开门。”她说。

“我就是想问一下订的发动机到了没。”

她叹了口气，仿佛我是在要求她徒步走到明尼苏达去。“谁订的？”

“安布罗斯·A. 艾伦。”

她站起来，走向一排档案柜，开始翻阅卡片，“给‘逍遥游’订的？”叹气。

“没错。”

她取出卡片，皱起眉头，“六月二号订的，一台科尔6.5A-23。老天，现在应该到了。”

“卡上没写吗？”

“没写，卡上不写这个。”叹气，“看这张卡，我只能说东西没送出来，也没装上。”叹气。

“卡上写了是谁负责这台机子吗？”

“卡上当然写了谁负责。”叹气，“威克先生，他今天不在。”

“乔·威克？”

“不是，是霍华德·威克，不过他们都叫他哈克。”

“停进来的船，你们都有记录吗？”

“停进来的船，我们当然有记录。”叹气，“在码头的办公室里。”

“停进来的船，你们当然有记录，在码头的办公室里。多谢了。”

那一刻，她有点慌乱，“不好意思，空调坏了，电话响个不停，还不断有人进来。”叹气。

“我也很抱歉。开心点，红妹。”

她笑笑，眨了眨斜眼，继续飞快地打字。

我在一家冷飕飕的酒吧里打电话给黄页上唯一的霍华德·威克，一个很小的小孩接起电话，说：“喂？”不管我说什么，他总是说："喂？"我不停地让他去找他老爸，他却不停地说"喂"，让我觉得自己像老式喜剧电影里被戏弄的角色。突然，小孩发出一声痛苦的叫喊，接着一个女人紧绷又恼火的嗓音钻进我的耳朵，"哈克在院子里，稍等一下。"

小孩又回来，带着哭腔说："喂？"

"哪位？"威克说。

"抱歉在你休息的时候打扰你。听说你在一艘四十英尺长的斯塔德游艇上装了台科尔6.5A-23，我想了解一下效果如何？"

"什么？噢，我不知道你说的效果是指什么。这是套好设备，只要你有地方装，而且不让它超负荷运转，应该没问题的，你说是不是？"

"我想问噪音和震动方面怎么样？"

"对于这种船来说没问题。你问的是叫'逍遥游'的船吗？"

"就是它。"

"上周一还是周二发动机就到了，但还没安装。他们打电话问了几次，我估计这周他们还会打来，然后把船开来，我们把东西装上。你要是想看看，我到时候可以告诉你。你的船现在是什么发动机？"

"一艘老款的萨姆逊十千瓦柴油机，手动的，很吵，很大。"

"关键是最高负载量，换掉之后你只能少载一点了。"

我告诉他，"逍遥游"开工的时候，希望他能打给我。打对方付费的电话到劳德代尔堡。他记下号码，说没问题。

“就是这两天了吧？”我问，“‘逍遥游’就在附近吧？”

“据我所知，他知道最近就要装了。”

我开车穿过傍晚的热气回去。天色暗下来，变成有毒的绿色。闸门拉下，雨水顺着管道冲落。玫瑰色的闪电罩住天空。银色的雨水在黄昏前的暗绿色天际下飞溅。我找到一个地方，开出主路，让那些傻呵呵的司机去互相折腾吧，最终只会肥了汽修铺子，忙坏机修工，塞满法院的日程。因为眼前的场景预示着车祸的来临。

艾格尼丝小姐温顺地蹲在暴雨中，而我开始把精神聚焦在小艾伦身上。他像个邋遢的小流氓，抢了一家借贷公司，但逍遥的日子也不多了。这个年代，没有什么能逃脱记录，各种身份识别系统让我们步履蹒跚，只有最聪明、最自制的人能拿着不义之财而长久安然。小艾伦犯了重罪。也许他算得上聪明，但绝对谈不上自制。回坎多岛，强暴并蹂躏一个厌恶他的寂寞女子，是很蠢的举动；暴打凯西更是白痴至极；向海地小婊子炫耀宝石则过分鲁莽而自信了。他是个口袋里塞满钱的装相水手，如果继续鲁莽下去，不论他本人还是他的钱，都时日无多。这么看来，他已有的运气简直好翻了天。他的受害者，到目前为止，都保持沉默。他此刻的受害者，不管是谁，说不定没有那么服帖。所以我的时间可能不多了。

硫黄色的阳光穿透阴霾，雨停了，我开车去医院。她现在能睁开两只眼睛看我，嘴唇的形状也复原了不少。苏苏给她带了一条漂亮的新睡裙。护士同意她从床上下来，坐上轮椅，我推着她来到走廊尽头的浴光室。

“明天我就能回家了。”她说。

我拉过一把椅子到她身边。那些瘀伤变得黄黄绿绿，眼睛仍未消肿，眯成一条细线。“我可能要找到他了，凯西。”

“你打算怎么办？”

“见机行事。”

“我很乐意你杀了他，只要不会被抓。”

“原来你也这么狠。”

“狠？我一点儿也不狠。这种人最好死掉。我太蠢了，崔维。所有那些事情之后，我还抱着希望，你知道吗？希望他发现还是应该回来和我在一起。你说这该有多蠢？真不知道我是怎么想的。他抓住我，在黑暗中死命打我，这时候我才彻底死心。他把我往路灯下拽的时候，我看见了他的脸，他在笑。”

“他是特意回来找你的吗？”

“他没说。”

“你觉得呢？”

“我觉得只是巧合。有夏季表演的地方不多，他到处游荡，很可能荡到这里来，他看到我估计也一样惊讶。崔维，在他附近你要小心，他坏到骨子里了。”

“我会小心的。”

“我感觉他在这世上的日子不多了，我不希望他搭上你一起去。我觉得他在监狱的五年里出了什么问题，人性的某个部分停止了，常人都有的某个部分。而且他很狡猾，他一定骗过了我爸爸，我爸爸已经够狡猾的了，他们都这么说。”她若有所思地看着我，“我猜你也是个狡猾的人，虽然你的脸上很少表露。对付他要小心，要把他当成一条蛇。”

六点半，我回到“缺角同花”。大雨把日落时分洗得耀眼夺目，清爽的东风把虫子赶进内陆。游艇上有一簇簇的人群，他们懒散地聊着天，慢慢进入周六夜生活的状态。大西洋保险雇了巴蒂·多尔做一艘大船的船长，他招了两个人，还急着要招更多。他想拉我入伙，我停顿了片刻，礼貌地谢绝了。他很能调动船员，随便说点什么都能让他们笑个不停。我感觉自己要是靠得太近，他的爪牙们会把我抓上船的。

我回到自己的船上，一时间，我以为她不打算开门让我进去。她一打开门，就朝沙发跑去，头朝下扑倒，浑身僵硬。

“你怎么了？”

她的脸色痛苦，惨白又憔悴。“他来了。”她小声说。

“小艾伦？”

“他看见我了。”

她太慌乱，说话不连贯，但我都听明白了。她去海事商店，想给我买件小礼物，然后溜达到办公室和控制塔后面的加油码头。“逍遥游”停在那儿，正在加油。小艾伦挺直身子，瞪着她，对她笑，她就跑了。

“他跟着你吗？”

“没有，应该没有。”

“他一个人？”

“不是的。”

“谁和他在一起？”

“我不知道。几个年轻人，三四个人。我不知道。我眼中只看到他。”

“是什么时候的事？”

“大概五点一刻的样子。”

Once

威利·拉泽尔和我很熟。他的牙齿和脚都隐隐作痛。他讨厌这里的天气，讨厌“动力先遣队”[1]，讨厌政府和他老婆。这股巨量的恨意没有让他变得尖刻，而是变麻木了。他的外表，就好像把法兰克·辛纳屈[2]漂白、剥皮，然后套在威利身上。

我知道他六点下班，也知道他要喝一小时啤酒才情愿回家，还知道他在哪里喝酒。我来到吧台，坐到他旁边。他用暗淡的眼神扫了一眼，认出了我。他的醉意时光快用完了，我唤醒他的记忆。

“‘逍遥游’，‘消遥游’，是啊，我今天见到它了。”

“四十英尺长，斯塔德型号，白色侧舷，灰色船身，蓝色的线条。船主是个强壮黝黑的家伙，一头白色的卷发，一双小小的蓝眼睛，总是满面笑容。”

1 原文为Power Squadron，美国促进航海安全的公益组织。

2 全名Francis Albert Sinatra，美国歌手和演员，第26届奥斯卡最佳男配角奖得主。

"怎么着？"

"我想知道他停在哪里。"

"我哪知道，麦基。我哪会知道。"

"但你记得这个人？"

"他付了现钱。"

"五点多一点停下来的？"

"怎么着？"

"在他船上的都是什么人，威利？"

"一帮小屁孩。"

"游客，还是大学生？"

他凝视的目光穿透了我的身体，片刻之后说："我认识其中一个。"

"其中一个小孩？"

"你说呢？其中一个小孩，没错。桥那边往右，在建筑工地旁边有家'查理炭烤'。"

"我知道那地方。"

"我见过她在那里做服务员，一个年轻的女孩。他们的名字都写在胸牌上，她的名字很滑稽，叫笛玲。我之所以记得她，是因为她有一回跟我犯贱，端错了我点的东西。"

他只记得这些了。

我回去找露易丝。她正在喝一杯波旁，但弄得像一杯冰咖啡。她的笑容松弛、湿润，眼神游离。我把她的酒拿开，带她进休息室。她低声哼哼，斜靠在我身上。我把她翻倒在床上，脱了她的鞋。不到三分钟，她就打起呼来。

我锁上门，去找笛玲。

“查理炭烤”闻起来有股烧焦的油脂味。她已不在这里上班，但她有个叫玛丽安的朋友在这儿。玛丽安是个漂亮的女孩，除了那张闭不上的兔子嘴。十九岁，我猜。她先确定我不是警察，然后和我坐到后排的隔间里。

“笛玲在这里换经理之后就被开了，她这人太随心所欲，你明白吗？之前的经理没事就带她去后面的储藏室，最后终于有人向公司告发了。我跟她说过，这么搞是不行的。她还做过其他几份工作，都做不长，现在我不怎么能见到她，见是见过。但是，我不知道怎么说，有些事情不能太过头，你明白我的意思吗？玩是可以，但她玩得太过头了。有一次她给我安排了个约会，结果我发现，老天哎，对方老得可以做我父亲，你知道吗？我们大吵了一架，我发现她收了那人的钱要我出来，我问她当我是什么玩意儿。我看她会惹大麻烦，我不想沾上，你明白的。”

“她住哪儿？”

“不知道她搬了没有——她经常搬——她在柑橘旅馆，就在迪费尔德海滩对面，那种酒店式公寓一样的地方，又旧又破的感觉。她住2A房间，和一个叫克莉的女孩一起。我只知道她住在那里，靠失业金过日子。”

她不能继续和我聊下去，溜出隔间，拍拍蓝白尼龙制服裙。

她似乎被自己的一番话震到了，看起来有点惊慌失措。她是个健壮的女孩，修长的脖子和小小的脑袋让她看起来更精致些，柔软的浅棕色头发里混着一缕缕挑染的发丝。“别误会我对笛玲的看法，”她说，“我不想让你觉得我是在诋毁她。其实，她很小的时候谈过一段不开心的恋爱。”

“她现在多大？”

“噢，二十了。”她迟疑了一下，然后做了一组典型的夸张动作来结束我们的小聊，就像电视剧里演的那样。她舔舔小兔嘴、眯起眼睛、张开鼻孔、拍拍头发、弓起后背、翘臀侧立，故意用沙哑的嗓音说：“回头见，好吧？”

“好的，玛丽安，回头见。”

保佑她们，这些无助的小兔子。在我们善变的文化中，她们是被抛弃的人。她们渴望浪漫，却只能找个男人一起玩玩，用她们的话说。她们随身边一无所长、满脸痘痘的男人们走入社会，却发现那里挤满了没有特长的劳动力，连在超市给人装袋的工作都有人抢。她们渴求安定，但只能得到自己力所能及的东西，只能在餐馆和商店里扎堆闲扯，谈论潮流和服饰，梦想会有个对自己真心真意的陌生人出现在面前，带她们逃离卑微的小费和失业的压力，与她们一起切下婚礼蛋糕，让她们怀上漂亮的孩子，稳稳当当地在家电齐全的房子里住下来。但大多数充满愿景的小兔子都嫁给了那些没有特长的男人，然后继续工作，一直走到梦想的尽头。在学校里，有人教导她们，如果你阳光、开朗、真诚、合群、受人欢迎，世界是属于你的，你的世界里会有烤肉架、信用卡、尿布送洗服务、上等细棉床单、共进晚餐的朋友、洗衣机加烘干机、家用幻灯机放孩子们的照片、永恒如梦的浪漫——其中包含波浪般的欢笑和电影中的对白。于是她们全都挂着微笑、充满自信、毫无准备地投入这个靠本事吃饭的世界。不出几年，她们就明白生活是一种折磨，残酷、可恨、永不安宁，最终把心灵变成贫民窟。保佑这些小兔子。她们初来乍到，而我们没有留下余地。我们把梦想像胡萝卜一样拿到她们面前，最后却说，不好意思，不是给你的。教她们不食人间烟火的学校被建造得美轮美奂，但她们永远住不进这么好的地方，除了安养院。

我开到主路北边，经过无数闪烁的车光和飞流而去的霓虹，穿过无尽的柏油森林和满地飘零的玻璃纸、糖果包装纸、卫生纸、烟屁股、票根、透明塑料纸、塑料废弃物。小艾伦蹂躏过的两个女人，一个受伤躺在床上，一个喝醉躺在床上，而我在寻找第三个。

柑橘旅店是一幢三层老房子，布满裂痕和修葺痕迹，建造于1925年，有三个入口、三组楼梯、三栋公寓楼。旅店在商业区里一条小路的尽头，对面有一块很大的卡车集散地，另外两边是一条窄码头和一个挂着“啤酒—钓鱼—游船”的店面，店里有个小酒馆，卖炸鱼三明治。三栋楼后面是一条狭窄不流动的水道，筑有海防堤。

柑橘旅店有一个自己的码头，和海防堤平行，锈迹斑斑。我把车停在码头前面，走到柑橘旅店的另一侧，突然停步，闪进更深的阴影。有两艘黑黝黝的破旧大船拴在柑橘旅店的码头上，第三艘船里有光，码头上微弱的灯光照到船身右舷，也照进了驾驶舱，照在救生圈上面，上面印着“逍遥游”。驾驶舱里有好几个人，我看不清楚。舱里放着音乐，是波萨诺瓦[1]吞吞吐吐的节律。一个女孩随着音乐摇摆，另一个女孩发出一串难听的大笑。一个男人用响亮的声音说：“老爹，咱们快没啤酒了，真他妈要人命咧，得赶快找个人去巴尼酒馆买点。到了岛上不能没喝的吧，老爹？还让不让人活了啊？”

另一个男人发出低沉而模糊的回答，然后一个女孩说了句话，但被音乐声掩盖了。过了一会儿，船里的两个人走过我身边，朝酒馆走去。他们爬上甲板的时候，我看清了他们的长相，一个健硕、留着鬓角、长着一张乏味胖脸的男孩和一个戴眼镜、笨拙的长腿女孩。

他们从我身边走过时，女孩说：“干吗不一次买够，彼得？”

“闭嘴，帕蒂。老爹喜欢我们帮他跑来跑去，干吗不让他开心点？”

我第一次见到了小艾伦。其实算不上。他只是驾驶舱里的一

1 原文为Bossa Nova，一种柔和舒畅的音乐类型。

个壮硕的身影……一阵无形的低音……一声粗野的大笑。

我回到“缺角同花”，露易丝还没醒。我扶她坐起来，她闭着眼、头很重，冲我低声哼哼。我把她弄下床，带她去海滩走路，一直走到她没力气抱怨。她拖着脚步跟着我，像个听话的调皮小孩。我不留情面，带着她来来回回地走，直到她头脑完全清醒。然后我们坐到一条长凳上，休息一下，好让她喘口气。

“我的头好痛。”她低声下气地说。

“活该。”

“对不起，崔维，真的。看到他……我吓坏了。”

“还是说给了你一个借口？”

“别这么说。”

“我只是不想看到你前功尽弃。”

“我不会再这样了。”

“当真？”

“我不知道，我不想再这样。但我一直在想……他现在就可能走在海滩上。”

“今晚不会，他很忙。”

“什么！”

我告诉她我如何发现小艾伦、他现在在哪儿。他和一个留着鬓角、名叫彼得的男孩，还有三个分别叫笛玲、帕蒂和克莉的女孩在一起。

“从我听到的来看，他要带着他们四个，或者其中几个去巴哈马远游。他们自以为搞定他了，他们觉得自己捏到了一个软柿子。他们叫他老爹。”

“这些可怜的小孩看不出他是什么人吗？”

“凯西没看出来，你也没有。”

“你打算怎么办？”

“明天下去看能不能找个女伴。”

“到时候他们可能已经走了。”

“他要等新的发动机装好。”

“可是，要是他们一早就出发呢？”

“你要是连这个也担心，露易丝，你有的是机会把自己灌醉。”

“你没必要这么恶毒。”

“是你让我失望的。”

“我知道，很抱歉。”

“头痛好些了吗？”

“感觉好点了。崔维？”

“怎么了，亲爱的？”

“崔维，我好饿，能把这条长凳吃下去。”

我看了一眼窗外的周日早晨，就知道他们哪儿也去不了。海上波涛翻滚，猛烈的东北风四处扫荡，无休无止。这样的大风会在海上掀起大浪，小艾伦那种规格的船是吃不消的。浪头可能会有七八英尺高，而且异常凶猛。

我等到中午，然后开车去柑橘旅店。2A房间在中间一栋的第二层。我穿着泡妞套装的夏季版：T恤、卡其休闲裤、棒球帽、草编的凉鞋，嘴角挂着大大的微笑，还有一瓶包在棕色纸袋里的上好波旁酒。我敲了敲装饰华丽却伤痕累累的旧木门，又敲了几下，然后一个女孩恼火地喊道：“等一下！”

插销响动，门开了一英尺半的缝隙。我看见一头蓬乱的黑发、一块晒黑的脸庞和一只冰冷不善的绿眼睛。“干吗呀？”

“我找笛玲。”

“她不在。”

“你是克莉吗？”

“你是谁呀？”

“一个朋友的朋友。”

“谁呢？”

“玛丽安，在查理炭烤上班的。”

“那个贱人没有朋友。”

此刻我要是稍有示弱或哀求，她就会甩上门。于是我淡定地站在原地，不温不火地笑着。这是缓冲的阶段。有一招可以用来对付所有旅店住客：如果你大方、从容，略显无所谓，对他们来说就是个挑战。到目前为止，这招出乎意料地管用，我希望这次也能过关。面对敌意与怀疑，如果你针锋相对，只会适得其反。过了一会儿，我看到她的敌意消散了一些。

“你要找笛玲，和玛丽安有什么关系？我搞不懂。”

“我不想把你说糊涂了，克莉。”

“有什么我不知道的吗？”

“我以前经常在玛丽安那里见到笛玲，但没机会认识，后来她不干了。我想知道她去哪儿了，是不是去了外地。我问来问去，玛丽安说她有可能还住在这里。我今天没事，正好又搞了瓶酒，所以就过来看看。不过，她要是和你一样不友好，那就没戏了。”

她默不作声地打量了我至少二十秒。“你等会儿。”说完她关上门，十分钟后才出来。她把头发弄直，搞得像日本人的假发，身上穿着黑白相间的紧身泳装，罩着一件敞开的海滩衣。虽然下巴太肥、臀部赘肉太多，但她还是挺好看的。她关上门，抬头冲我笑笑，说：“你个子真高哎。你叫什么啊？”

“崔维。”

“房里有个家伙在睡觉，她啤酒喝多了，叫唤了大半夜。走吧，我带你去看看。”

我跟着她沿着短短的走廊走到一扇后窗，从那里可以俯瞰码头。一个女孩穿着暴露的比基尼，躺在“逍遥游”舱顶的一块垫子上。我越过克莉的肩膀往下看着她。

克莉揶揄地抬头看我，“你来找她也不奇怪，她真美，对吧？”

“诱人。”

“但是，如果你来这里，打定主意要找她，还是省省吧。她和船主搞上了。”

“这船挺不错的，是谁的？”

“一个叫艾伦的老家伙，我们叫他老爹。我们要开着这艘船去好远的地方，要开到巴哈马去。你相信吗？他说他找不到人一起出海。居然有这种事。但亲爱的，现在的麻烦是，你搞不定她，你一起去的话可能把这次出游搞砸。”她从窗口转身，面向我，不经意地展露出一点身段，期待我的赞美，“怎么办呢，你说？”

她默许我打量她，我照做，然后说：“有时候人要随机应变，不能在一棵树上吊死。”

“问题是……”她说，“我不想让你失望，我是说笛那边。”

这是估价与出价、讨价与还价的暧昧游戏。她对我的回答并无奢求，只求不伤自尊，于是我满足了她的愿望。“如果下面躺着的是你，克莉，此刻在我身边的是笛玲，那我才会失望。”

她笑得满面春光，打理了一下身子，然后挽着我的手臂，带我下到码头上。“嘿！”她喊道。笛玲坐起来，她戴着硕大的太阳镜，像一只猫头鹰。“他们人呢？”克莉在我扶她上船的时候问道。

“老爹开彼得的车出去了，彼得去找米奇，看他有没有把马达装好。帕蒂没事吧？”

“她还躺着呢。”

笛玲起身，缓慢而小心地爬进船舱。隔着三十英尺远看，她是个相当丰满诱人的年轻女孩。走近看，她身上粗劣的细节显而易见。她黝黑的皮肤粗糙、布满纹路；油灰色的乱发像假发一般死气沉沉；下半截比基尼紧紧勒进装满啤酒、奶昔、汉堡和薯条的软肚皮里；大腿上的肉团因久坐而松松垮垮；她的脖颈、脚踝和手腕内侧都有暗色的污痕；她的腋下有一撮铜色的荆棘，腿上也竖着没刮干净的汗毛。比基尼的肩带歪了，刚好让她露出右胸半月形的乳晕。

“笛玲，这是崔维。”克莉说。

“嗨。”笛玲打量着我。她长了一张大嘴，门牙上沾了一点粉红色的口红。她显然在等待进一步的介绍。

“那个在查理炭烤上班的玛丽安和崔维说我们住在这儿，所以他过来看看。我刚刚和他说老爹要带我们出海。”这话说得漫不经心，却话中有话。他是来找你的，但我把情况和他说了，现在他已经是我的人。

笛玲微微耸肩，表示接受，然后重重地坐进一把帆布椅上，叉开两腿，火热撩人。她的腰上悬了一圈赘肉，她的大腿内侧最顶端的肉丛里，有一小撮毛发挣脱了单薄的布料。几年前，她应该还是个让人屏息的成熟美人，即使现在，在夜晚的灯光下，在酒精与欢笑中，她身上依然有着鲜活的青春幻象，令人渴望。但在残酷的阳光之下，在她生命的第二十个年头，她的身体布满了任由男人糟蹋的痕迹。太多的储藏室之旅、汗水与纵欲，侵蚀了她的风华，让她枯萎。她的内心也随身体一同腐坏，所以她现在能够挂着一身肉，冷漠地瘫坐着，像诊所里的妓女一样对爱无动于衷。

“那个松鼠脸玛丽安最近怎么样？”她毫不在乎地问。

“没怎样。”

克莉脱掉海滩衣，把帆布垫放在宽敞的船尾甲板上，平躺下来。她们不再打量我，我通过了审查。

“风这么大，还热得要死。”克莉说，“我们接下去干吗，有谁想出来了吗？”

“我准备等老爹回来，看他想干吗。”

克莉朝笛扭过身子，把我排除在谈话之外。“你真这么觉得？”她问。

笛发出一声平缓沉闷的笑声，“还能怎样？”

“有没有人想喝酒？”

她们都瞪着我，仿佛惊诧于我仍在船上。“好啊，”笛玲说，“什么酒？”

“波旁。”

“来吧。”克莉说。

“但他走的时候把船舱锁起来了，”笛玲说，“没法下去拿冰块和酒杯。克莉，你能不能回楼上拿一下？”

“都一点多了，”克莉说，“让他去巴尼那里买点东西回来，行吧？”

“买些大纸杯，”笛玲对我说，“再拿半打可乐，好吗？”

巴尼酒馆的服务员动作很慢，还多收了我杯子、可乐和冰块的钱。我回到“逍遥游”，女孩们已经谈妥，决定接纳我。我给克莉调酒的时候，她按摩我的后颈，用这种方式传达她们的决定。我们挪到棚子下面，躲开直射的阳光。微风拂面，感觉舒服。她们越说越嗨，越发不避讳有我在场。我们谈起这次出海。后来，彼得来了。他的手握起来绵软无力，感觉像帆布手套里装满了沙子。克莉给他2A房间的钥匙，他跑上去看看帕蒂好点了没。大家怀疑她不能出海，因为她必须对父母说谎。

突然间，小艾伦晃上甲板，他往前一跳，轻轻落地。他穿着白色运动衫、白色休闲裤，戴着淡蓝色的帆船帽，看起来纯洁无瑕。我估计他快四十岁，没料到他如此强壮结实。他的骨架宽大，肩上满是肌肉，特别是他过长、粗壮、刺青的黝黑手臂和微微弯曲的短腿，让他看上去像个猿人。他的脸黝黑、宽敞，满是伤痕和疙瘩。咧嘴大笑时，笑容会把蓝色的小眼睛挤进角落。他的笑容很友善，让人喜欢。他看我的时候，笑容一点都没改变。

“嘿，孩子们。”他说，他的声音低沉浑厚。他用黝黑的大爪子乱抚笛玲干枯的头发，“这位是谁啊，甜心？”

她一下子变样了，成了小精灵，变得说话不利索，变成崇拜他的大小孩。“亲爱的，这是崔维，他和克莉一起。崔维，这是老爹艾伦。这是他的船，船名很可爱吧。”

“这名字很可爱。”我说。

他眼明手快，用最不舒服的方式抓住我的手，然后一边用力绞我的指关节，一边看着我的嘴巴。

“很高兴你喜欢，”他说，“欢迎上船。”

他掏出钥匙，打开舱门，然后把笛玲拽起来，扇了一下她光溜溜的屁股，说：“小甜心，你下去拿几个像样的杯子，还有伏特加上来。”

小甜心哧哧笑起来，听话地弯腰走下去。小艾伦坐到她的位子上，拍着克莉光溜溜的膝盖说：“你是做哪一行的，崔维？”

“什么活都干。旺季的时候，上船忙点事，带过冬的客人到处跑，也会做饭，还能弄点技工活，什么都干。”

小甜心拿来酒和杯子，他给自己倒了一杯，对我笑笑，“这帮孩子跟你说了出海的事？我打算带他们四个出去，带他们逛逛群岛。我不是有船、有钱、有时间嘛，小事一桩。”

如果不知他的底细，我会轻信他表现出来的样子。一个无脑的有钱白痴，被小甜心憔悴的身体钓上钩，带着她和她的三个朋友来一场热带浪漫之旅。

“这船满客了吗？”我问道，回敬了一个微笑。

这话改变了他的眼神，却没有改变他的笑容。“如果彼得和我睡前面的两个铺位，主舱就留给姑娘们。这船可以装六个人，但都得是关系很好的朋友。”他大笑起来，“抱歉，没法带上你，哥们。”

“那我就成电灯泡了。”克莉苦涩地说。

“怎么会啊，姑娘？”

她冷冷地看着他，“有那么难懂吗，老爹？你和笛玲，彼得和帕蒂，还剩没人理的克莉。带上他嘛，有个人讲话也好。说不定开船以后，他可以帮帮你。”

“在船上，我从来不要人帮忙。”他笑着说，“别的方面也不需要，小甜心。”

“我是克莉，她是小甜心，老爹。”

他又拍拍克莉的膝盖，对她笑笑，“你会玩得开心的，一点也不用担心。”

“一天到晚发牢骚，”笛玲说，“一天到晚。”

彼得和帕蒂上船来。几分钟之内，我就知道小艾伦的目标是谁了。乍一看，帕蒂并不吸引人，主要是因为她动作笨拙，还戴着眼镜。他们粗鄙地拿她开玩笑，说她会晕船。她回击起来样子滑稽。滑稽是她的自我保护。她的胸部高挺但尚未成熟，尖尖地戳着上衣的面料；她的双腿修长、白皙而精致。她如一匹优雅的小马，厚重镜片后的灰色眼睛可爱动人，饱满的嘴唇温润而细腻。她是另一个露易丝，少女时代、不同阶层的露易丝。她和留着鬓角、呆头呆脑的彼得在一起是一种浪费。她鲜活、脆弱、容易受伤，她是最合适的受害者。一旦他们四个来到无处可逃的海面上，小艾伦可以轻而易举地把另外三人变成帮凶，他们已经不是什么善人了。他们会帮着小艾伦调教这个可笑滑稽的女孩，帮着小艾伦把她拖入噩梦，到那时，她再怎么扮滑稽也无力自保。

我们一起喝酒。这群年轻的玩伴叫他老爹，膜拜他。他始终满面笑容。笛玲揶揄他，克莉拿他开玩笑，彼得不理他。自始至终，小艾伦满面笑容，但某种本能让他提防着我。我朝他看去，会看见那双蓝色的小眼睛浮在灿烂的笑容上，正上下打量我。他像一只老猫，放松地看着老鼠上蹿下跳。他不欢迎第二只猫加入游戏，因为老鼠不够多。

但我听到了想知道的东西。彼得对帕蒂说，只要小艾伦把船弄好，他们立马出发。他们会把行李搬上船，然后开到迈阿密，在迈阿密把船弄好，再开去比米尼。这一趟出海要花一星期或者十天，费用老爹全包。这才叫老爹。帕蒂会和她爸妈说，她去杰克逊维尔找一个女朋友。老爹说，他们可能周二或周三出发，别带太多东西。将就点，孩子们。

我们在巴尼酒馆吃了炸鱼三明治，然后开始喝啤酒。傍晚时分，这帮人分头散去。彼得送帕蒂回家；老爹和笛玲待在船上；我和克莉到楼上公寓去。这些公寓房又小又脏，天花板高耸，墙上抹了层层油漆，地毯灰扑扑的，廉价的家具沾着污迹、布满伤痕，家居用品也十分简陋。她在太阳下面烤了一个小时，又喝了啤酒，现在晕乎乎的，但又开了两罐啤酒，然后去冲澡。她给了我一本书看，是一本很厚的影集，都是拍她的大尺寸性感照片，裸体或半裸的，配上复杂的打光。我估计，她拍这些照片有些年头了。有些照片很诱人，有些乏味至极，放在一起就是非常普通的人体艺术照——背后打光、胸部与臀部挺起的黄褐色轮廓，还有标准的湿嘴唇，微笑着，闪闪发亮。她说她的摄影师朋友卖了不少她的照片给杂志社。我相信她。她的身段够格，摄影技巧也还行。她早已冲完澡，我也翻完了书。这时我听见她小声叫我，便走进卧室。她拉下了黄色的窗帘，寒碜的房间里透着黯淡金光。她赤身裸体地躺着，腰上横着一条黑色浴巾。“你好，亲爱的。”她说。她的脸上挂着照片上的笑容，只不过更为呆滞。

“你也好。”

浮肿的下巴，困倦的绿眼睛，粗壮光滑的棕色大腿。她打了个哈欠，说：“我们做个小爱，然后睡个小觉觉吧，甜心。”

“我先冲个澡。”

“行，好啊，你去吧，快点啊。我很想要，宝贝。”

我走进浴室，里面到处是发霉的毛巾和酸臭的泳衣，像一片沼泽，臭味与香水味混合，滑溜溜又湿答答。墙上没有青苔、角落里没长蘑菇、马桶里不见叶子，这让我很惊讶。洗澡水稀稀落落、不冷不热。我冲了很长很长时间，然后找了一块最干的毛巾。我异常小心地推开卧室门，正如我所预料和希望的，她发出鼓点般的规律鼾声，每次吐气就“啪”的一响。我偷偷摸摸地穿上衣服，踮着脚走到床边，拿起黑色浴巾，把它扔进浴室，然后把我的空啤酒罐放在地上，摆在她的酒罐旁边。我在客厅里找到一张明信片和一小截铅笔，写道：“克莉甜心，你在半睡半醒中也无比动人。迟些联系，亲爱的。”我把明信片放在床上离她较远的一边，再踮着脚走出去。

她们笑得像白痴，或者说，像老爹，但这笑容让人隐隐作痛。她们是小兔赛跑中的失败者，但她们输在不同的赛道上，和玛丽安不同，也和开着破烂车来到超市优惠夜、拖着沉重脚步走在光亮的过道上、对困倦的孩子咆哮的女人不同。笛玲和克莉把欲求留给夜生活，她们可以是任何人性爱宝典中的插页女郎。二十出头，你得会找乐子。总会有男人找上你，电话铃声总会响起，朋友的朋友嘛。青春是用不完的，是吧，总有一天会回归正道。如果你倦了、醉了或闷了，那就快点装出一个大大的假高潮，一切就虚无地结束了。你还得学会从他们那里要点小礼物，比如坐船出海、帮你付房租，或买几件名牌泳衣。朋友之间的馈赠而已，别刻意讨要。有些人会伸手要钱，这么搞说不定会惹来警察什么的。偶尔去做一下服务员，其他时候就是约约会，没别的。一段时间内只能约一个，逗他开心，这么一来，如果你手头紧，他会借你钱。还得多存些号码，要是来了一堆男人，可以随时凑人。

这就是让人迷茫的阴暗世界。她们甚至不会卖力把这事做好，因为她们从来没学过做好任何事。她们越活越龌龊，青春消逝，就不剩别的什么，只留下死寂的双眼和那些肉体上的小伎俩，然后觉得是自己的运气不够好。十五到二十五岁是她们的全部资本，她们老得很快、很夸张。这些女人是永远找不到窝的兔子。

在炎热的蓝色黄昏下，我回到露易丝身边。她显得异常温顺，穿着一件白领海军服，一头黑发梳平，样子朴素。给人的感觉是，她发誓毕生远离酒精、好好生活。

我原谅了她所有的轻浮往事，她的黑眼睛泪光闪闪。

晚饭后，我告诉她出海的事，也和她说了我的计划。我们把计划过了一遍，修补漏洞，让它变得更扎实可行。我们没有谈到结局，尽管从整个计划来看，结局是不言自明的。

她用冰凉的嘴唇碰了我一下，和我道晚安，然后矜持地移开暗淡的目光。

躺在床上，我想起小艾伦粗硬凶狠的双手。在宜人的笑容背后，他像铁锤一样顽强，像一只戴着笑面的野兽、一个聪明又扭曲的物种，捕捉温存无邪的猎物，让她们变质、不得安生，以此填补自己空虚的灵魂。

于是我想到了身边的温存。我仔细估算我们之间的距离。二十一英尺，差不多，从这边的床角到那边的床角。对她的欲求，会不会削弱她的斗志？任她独自入睡，她会不会质疑自己的诱惑力？还有，她的温柔婉约能否冲走柑橘旅馆那些女孩身上浓重的肉欲气息？麦基，你这个负心人、花花公子、满腹理由的家伙。这一串思索，不过是性激素的衍生物。睡吧。

她朝左睡，还是朝右睡？她是不是也醒着？她是否也睁着双眼，凝视黑暗，听着冷气的嗡鸣？她是不是在想，为什么我不想要她？

睡吧，麦基，看在上帝的分儿上。你想让她一辈子依赖你吗？

我坐起来，心怦怦跳，呼吸浅短。我走进她的房间，步履无声，如一阵轻烟。她应该睡着了，我应该立马转身溜开。

我挨近床边，差点没认出溢满枕头的黑发。我屏住呼吸，聆听她呼吸的律动。她的喉咙发出一小声满足欣慰的声响，然后伸手握住我的手腕，把我拉向她，再把床单和毯子掀到一边，让自己一览无余，然后轻巧地引导我们的身体。当我与她躺倒，结合在一起，她马上进入状态，陷入漫长的狂喜和颤抖，将她睡前的所思所想和盘托出。

过了一阵子，她让我们静止下来，甜蜜地抱紧我，让我们俩变成一个人，然后说："等等，亲爱的，求你了。我们今晚这样的谈话，我没法正视你，你也没法正视我，因为我们没有谈到事情的结局。这是我们之间的阴影，你明白的。"

"我们没有别的选择。"

"其实有的，你也知道。我可以告他强奸，证据确凿，对吧？我可以做证，他会被抓走。"

"让别人知道这些，对你不太好。"

"让谁觉得不好？我只在乎我对自己的看法和你对我的看法，其他的都不在乎。他胁迫过我，我能说得一清二楚，让所有人都明白是怎么回事。我还可以和凯西谈谈，让她做证小艾伦殴打她。我们俩，亲爱的，我们能确保他被关很长时间。把计划的第一部分搞定，在他能还击之前，我们就去报警，我和凯西。"

"我不觉得这个办法……"

"我想要这样。答应我。"

"但……"

她用手指缠绕我的颈背，用力把我拉过去，“答应我！”

“你是在占我便宜。”

“啊，是你在占我便宜，麦基。答应我！”

“……好吧。”

她猛拉我，用嘴唇揉搓我的肩膀，那是一种妩媚、苛刻、绵绵不绝、让人无法抗拒的欲求。最终，她在喃喃自语中蜷入睡梦，那些呢喃也沉入梦底。她睡去之后，我有时间思考一下自己的承诺。头脑冷静下来，开始思考。这是一个愚蠢的策略。小艾伦，他一旦被困住，会毁掉一切触手可及之物。他会试图谈条件，而且会拿戴维·巴里中士的宝藏做筹码。偷来的东西被偷走，再偷回来……如果事情顺利。

我知道自己还是会信守承诺。我要尽力换回一些东西。她在睡梦中呻吟，那双长腿抽搐了一下。她正在逃离旧日的噩梦。我轻抚她的头发，亲吻她的双眼。她迷迷糊糊，叹了口气，又睡过去。

如果事情不顺，会有人安抚帕蒂·德芙兰吗?

Doce

周一早上，哈利的包裹寄到了。我从邮局回来，露易丝紧张又兴奋地告诉我，霍华德·威克打了电话，说他们打算在周二上午给“逍遥游”装新的发动机。

“好快啊。”她睁大眼睛说。

我打开包裹，拿出赝品宝石。宝石是深蓝色的，有鸟蛋那么大。然后我做了一件蠢事。我弯下腰，把宝石沿着地板朝她滚去。它滚得歪歪斜斜，露易丝仿佛看见一条蛇，猛地向后一跃，面如土色，浑身发抖，用手捂住喉咙，要吐的样子。

“太像了。”她轻声说。

“把它捡起来。”

她迟疑了好一会儿，才伸手捡起来。她的脸色逐渐恢复。她端详宝石，然后看着我，“真是假的？”

“否则的话，我的朋友就惨了。”

“真好看。”

“矢车菊的蓝色。很久以前，人们认为这样的宝石有爱情魔力。这一块是骗不过专家的。”

“能骗过小艾伦吗？”

“能骗他一小会儿，我估计。”

“天哪，崔维，你要小心！”

我拿回宝石，包好，放进口袋。

她穿着一条我没见过的蓝色短裤，还有一件蓝白相间的上衣。今早我们之间有种夫妻的味道，但感觉怪怪的。我整夜和她睡在一起，黎明时分被渔民出海的吆喝声吵醒之后，再度与她缠绵。什么话都没说。之后，她趴在床上哭泣，不说原因，也不听抚慰。她先去洗澡，我从浴室出来的时候，她正忙着做早饭。她的嘴抿着，一脸正经，目光四处躲避。

“你今天有什么安排？”

“律师那边有点事，卖房子的事，不会很久。”

“慢慢来，忙一点，别想这事。”

我想把艾格尼丝小姐给她用，但她更想打车，换了一条裙子便走了。码头边停了辆出租车。

我看了航线图，估算小艾伦会在七点出发，好在十点抵达罗宾森-兰德。船上载着欢快的乘客。这个周详的计划突然显得漏洞百出。我怎么敢肯定他把赃物藏在船上。

从逻辑上分析，船上是最佳选择。他的手很巧，有的是时间在船上弄一个藏匿之处。一艘四十英尺长的大船的构造非常复杂，彻底搜一遍可能要几天时间。我抓住机会，观察了一番那艘船的外部结构，没发现我设想的捷径有何问题，只要随机变数不至于太随机，只要这些变数不失控。他的运气已经好得过分了。

我研究过他，了解他，了解地形，也清楚自己的优势。希望计划里没有多余的步骤，也没有忽略掉什么。

高估对手和低估对手，都同样危险。

小艾伦是个奸诈、鲁莽而且幸运的家伙。他狡猾而耐心地追踪巴里中士的宝藏，然而，一旦开始享用战利品，他就焦躁起来，迫不及待地要满足自己病态的快感。所谓心智正常，只是相对而言。也许，关在监狱里的五年里，他强烈的性冲动变异成了一种迫害欲。他沉浸在色情幻想中，想对温顺的女人施暴，让她们在惊恐中堕落。到最后，夺来的宝物成了实现这种幻想的手段而已。

凯西是受害者，然后是露易丝·阿金森，下一个就是帕蒂·德芙兰，就好像每一次满足之后，下一个受害者必须更脆弱、更易被恐惧吞噬。爽过之后，他很快就觉得腻味。所以，从他的欲望和行为的走向来推测，他很可能就是想玩玩，后来又动了灭口的心思，因为那些“可爱的小嘴巴”不会守口如瓶。

多好的老爹。小宝贝想不想坐好男人的船去兜兜风？小甜心要不要来个美妙的十日梦魇？

与世隔绝的远航、八月的烈日、狭小空间里的肌肤接触、酒精的催化、柑橘旅店女孩们恣肆放荡的身体，最终会引向换伴滥交，正合小艾伦的口味。好老爹会渐渐主导局面，脆弱惊恐的帕蒂小姐会发现，被烈日和酒精弄昏了头的克莉、笛玲和彼得毫无反应，更不会出手相救，只会眼睁睁看着她掉进小艾伦精心布置的陷阱，看着好老爹满面笑容、笨手笨脚地摆出古怪的温柔模样，把她拖进底部的卧舱，任由她又哭又叫、嘶声哀求，老爹会狠狠地给她上一课。在猛烈的攻势下，她会很快麻木不仁，不在乎彼得、不在乎自己、不在乎远去的轻柔美梦。疯癫的小可怜，把可爱纯真藏在厚重的镜片后面，藏在尖声大笑后面，藏在夸张的笨拙后面。来点好吃的糖果吧，甜心，跟好男人上他的名车，和所有的朋友挥手告别吧。

我拨通了柑橘旅店的房间电话。笛玲接起来："哪位？噢，你啊。找克莉吗？她不在，你要找那个贱人，等我走了再打来。"

"怎么了？"

"我受够她了，说真的，我受够了。昨晚你真该留下来，闹得可大了。她喝醉了，就开始不要脸。告诉你，我们闹翻了。"

"船开走了吗？"

"才没有！我们明天六点半出发，去一个地方给船装个东西，晚上从那里去比米尼，在月光下出发。我跟她说了，我只希望回来的时候她已经搬走。她说我应该搬走，她是怎么想的？这地方是我找的啊，对不对？谁需要她？她喜欢扫大家的兴，让谁都不爽。她和彼得跑了，这就是她干的好事。彼得是挺好的，但那又怎样？她知道彼得想和帕蒂亲热，费了好几个月的工夫，谁知道为什么。但那是他俩的事，对吧？她要明白，这么做会把出海搞砸。昨晚这里乱成一团，帕蒂哭得稀里哗啦。克莉那个贱人，她差点搞砸这次出游，但没成功。昨晚她和彼得回来，两人都嗨了，和我们大闹一场，然后走了。最后我们决定，这次就老爹、帕蒂和我，克莉和彼得去死吧。我不知道他们在哪儿，没人关心。出海之后，帕蒂就不会去想彼得了。其实，就算彼得从她身上享受到帕蒂给不了的东西，也没关系，可她偏要喝得烂醉回来，在帕蒂面前嘚瑟。”

“这事是怎么开始的呢？”

“我不知道。当时我们只是互相开开玩笑，可能话说得有点过头，然后老爹说了什么，让克莉很火，帕蒂又对克莉说了一句，让彼得很火，然后克莉跑了，过了一小会儿，彼得也溜了。”

虽然不情愿，但我不得不钦佩小艾伦，他把问题简化了。他们不会知道自己被人操纵着，就像凯西当初不知道一样。这样一来，他就可以带上自己的小宠物，以及身受爱情创伤的虚弱猎物一同远航。

“我晚点过来，笛玲，和你们喝一杯，给你们送行。”

“只有我在这儿，崔维。老爹去买日用品，帕蒂回家去了。她晚上回来住这里，这样我们才能明早六点半出发，按老爹的想法。我的东西已经在船上了，所以今晚我可能就睡船上，帕蒂或许也睡船上，如果她想的话。你过来吧，四个人喝送行酒总比三个人爽。”

“克莉不会回来？”

“大哥，我知道她不会回来了。她和彼得跑了，现在一起窝在什么地方。她出局了，崔维。你知道，我倒希望帕蒂能打扮得好看些，这样你也许愿意一起去，因为现在有多出来的房间。你过来之后呢，你得好好看看她。我们三个一起，说不定她会碍事，而且她现在的心情需要人安慰。”

“这要看老爹的意思了。”

“如果你觉得这主意不错，就过来吧，然后我们问问他，但话说在前头，你不能和帕蒂亲热。她就是不肯，不知道是害怕还是什么的，我不知道，说不定出海以后就不一样了。我觉得吧，如果你想去，亲爱的，老爹什么都听我的。说到底，这次出海最早还是我的主意呢。”

“我看他出得起这个钱。”

“和他这种人在一起，我们各取所需，所以相处得很舒服，他也想一直这么下去。你晚点过来，好吗？”

“我会的。”

“你不用带酒过来，亲爱的，老爹的船上有的是。”

我的女士回来了。一双凤眼，旋涡似的白色条纹裙，上嘴唇和发际热出了小汗珠。

我牵起她的手，拉着她来回摇摆，“你真是太美太美了。”

“你怎么了？”

“我喜欢美女，你让人神清气爽。”

“我又热又黏。”

“还很有钱？”

“我把支票寄到银行了。”我冲她笑，她又问我，“你怎么了？”

“因为有对比，我觉得。因为你可以毫无缘由地哭；因为我随处看看，就看见了你的牙刷，还有挂在浴室里滴水的透明物体；还因为你的屁屁很清爽；而且在你充满激情的时候，你说的一切都是发自内心的，而不只是为了说而说。我不是在乱说，是百分之百认真的。”

“你喝多了吗？”

“我在力量中沉醉，麦基大神又要彪悍了。小艾伦是个狡猾的蠢材，麦基要一拳把他打到九霄云外去。”

她警觉起来，“亲爱的，他是个可怕的人。”

“我发起怒来更可怕。看，我怒视的样子如何？”

“挺可怕的。”

“水槽里不许有头发，去把黄油收起来。”

她板起面孔，“我们订婚了吗？”

“等我们把这坨沉闷、愚蠢又狡诈的东西收拾干净，你再来问我。”

她咽了下口水，“我们？”

“我还需要你帮一个小小的忙。”

她又咽了一下，“你要我帮这个忙，是为了给我找回信心？”

“不是挺有用的吗？”

“没什么用。”

“你不会有危险的。”

“看到他我会成什么样，你是知道的。”

“我知道的，露易丝，但他不是魔鬼。邪恶，但不是魔鬼；狡诈，但目光短浅。他一旦失去平衡，就再也找不回来，然后重重摔下，等着警察收网。”

她坐着，面色虚弱而有所思，“你想让我做什么，崔维？”

闷热的蓝色黄昏下，我们三个闲躺在“逍遥游”宽敞的驾驶舱里。下巴肥硕、眯着眼睛的老爹艾伦一身无瑕的白色，慵懒安静的笛玲穿着低腰短裤和提胸效果惊人的露肩装，无畏的麦基穿浅蓝牛仔裤和一件灰色的旧运动衫。麦基的腿上绑了一把坚硬的短锹，口袋里放着一条白色旧丝袜，里面塞了沉甸甸的精美弹丸。

一天中的懒散时光。笛玲打了个哈欠，说：“帕蒂应该快来了。”她懒洋洋地挠着肚皮，指甲发出肉感撩人的窸窣声，“崔维和我们一起去怎么样，爱人？”

“我不知道是不是要一起去。”我说。

笛玲窃笑了两声，“他还想再看帕蒂两眼，是不是啊？”

“我们还没邀请他呢。”小艾伦说。

“到了那边，”笛玲说，“我要一个底下是玻璃的水桶，这样就可以看到珊瑚和鱼什么的。我还要去拿骚[1]逛街，你会陪我去逛街吗，爱人？”

“随你逛。”他说，他的笑容在夜色中泛白。堤坝里的黑色死水映着灯火，两种音乐混在轻柔的夜里。

“哎呀，真想今晚帕蒂一来就出发。”她说。

“她怎么过来？”我问。

“可以坐公车，但她肯定会打车。”她一饮而尽，冰块堆到她的嘴唇上，叮当作响。我记下每一杯酒的时间，这一轮我和她的杯子都空了，而小艾伦喝了一半还不到。我站起来，伸手拿过她的酒杯，说：“我去满上，好吗？”

“去吧。”小艾伦说。

我走到下面，厨房里有灯。一尘不染的厨房，一片纯净的白色，整洁舒心的游艇。我给她调了一杯浓酒，希望能盖过其他的味道。掰开两片药丸，撒下药粉搅拌。强力的巴比妥酸盐，就算兑着酒喝，我也确定不会对她造成任何伤害。她是一只年轻健康的小动物，喝下去十五分钟后，她会困得招架不住。这药会让她

1　巴哈马首都。

不省人事十四个小时，接下来两天无精打采、昏昏欲睡。我怀疑小艾伦是不是也给她准备了这玩意儿，我只是先下手了，这未免有点讽刺。也可能，他决定让她成为自愿的帮凶。

我自己的杯子，一滴酒也没倒。

我把酒递给她，她含糊地道了谢。我观察过她喝酒的习惯。一次一口，一分钟一次，直到喝光。那杯酒似乎对她的味。

一阵轻风吹动了船身，徐缓地把它推向一根桥桩。

"她应该快到了。"笛玲说，"要是她不来，咱们就不理她了，爱人。谁要带她？"

"她会来的。"小艾伦说。

"就我们三个，也可以开个舞会。"笛玲说，"她不太会跳舞，谁要带她？"她打了个哈欠，"反正她也会拖后腿，为了彼得哭啊哭的。"

黄昏被夜晚吞噬，我看见星星，还有两架飞机在闪烁，我听到夜晚的虫鸣与乐曲互相应和。

笛玲打了个大哈欠，说："我睁不开眼了。爱人，我要去睡一下。"她站起来，身体沉重。她看着小艾伦，发出亲嘴的声响，然后从我身边走过，指尖滑过我的脸颊。她往下面走，晃晃悠悠地穿过睡铺之间的狭窄过道，仿佛"逍遥游"身处惊涛骇浪。她弯下身子，重重地滚进一个舱位。从我坐的地方可以看见厨房灯光斜射在她身上，照亮她柔软的脊背、她的蛮腰和圆滚的臀部。做个好梦，沉沉睡去，别掺和。

我与小艾伦聊天，他心不在焉。他仿佛蹲伏在灌木丛里，揣摩着羊肉的滋味，竖着耳朵倾听小羊羞怯的脚步。我委婉渐进地提出同行的想法，他根本不为所动。他站起来，灵敏地跳上码头，打开昏暗的码头灯，检查缆绳，调整一块挡板，又回到船上，坐立不安。

突然，一个人走出阴影，走上码头。他穿着花哨的衬衫、皱巴巴的长裤，戴着一顶大红色的钓鱼帽。

“这里有艾伦先生吗？”他用柔和的嗓音问道。

“我就是艾伦。”

那人在衬衫口袋里摸索，拿出一张纸。他蹲在码头边缘，把纸递过来，说：“我是顶峰出租汽车公司的，有位女士让你打这个电话。”

小艾伦一把抓过纸来，对着灯光看起来，“哪个女士？她给你的？”

“不是，先生。我从电台上听到，记在纸上的。他们让我过来交给你。”他站起身，犹豫了一下，就转身回去了。

“也许是帕蒂。”我说。

这话推了他一把。他犹豫了，我能感觉出他在考虑把我赶上岸，把笛玲锁在船里。我往帆布椅上一靠，深陷进去，然后说：“如果不是她，你去打电话的时候她估计就到了，我会跟她说你马上回来。”

“就这么办。”他说，然后跃上码头离去。他的步伐轻盈有力，就像在春天的牧场上奔跑的好马。

我数到十，然后下去。我找到开关，打开灯。我像一股急促的旋风刮遍整艘船，拽出抽屉，扔到地上，摸了一遍可能的藏匿之处。我没指望找到什么，但我想让场面看上去像一次彻底的搜查。在我暴走疾驰、翻箱倒柜之际，我不断地在祈求露易丝：“拖住他，宝贝，让他拿着电话，别让他走人。”我们为这头怪物准备了些有趣的对白。虽然我搞出很大声响，笛玲动也没动。

我精心挑选了一个位置，一个有光亮的地方，他一眼就能瞥见。接着我把赝品蓝宝石放在那里，就像一个手忙脚乱的盗贼甩手落下的那样，然后把一张五十美元放在驾驶舱的地板上，室内的灯光正好落在上面，再关上码头灯，扯下开关，掰成两半。紧接着，我快速爬上舱顶，平趴在救生艇的另一头，察看自己的视角。我可以攀在栏杆上，倾着身子透过舷窗看见小前舱，或者退后几步，用同样的方法看大舱。

我完全可以预料到他会怎么做，面对这种情况，他别无选择。露易丝对计划的这一部分相当怀疑，还担心有人会半途出现。但没有人出现，小艾伦也不会出人意料。

我听见甲板上传来他急迫的脚步声。我把头压低。我听见他砰的一声跳进驾驶舱，然后是惊慌的咒骂声。

他会发现的，而且会很快发现。我小心地倾过身子，往里面看去，看见他一手抓起宝石，凝视着，然后塞进口袋。接着他冲向船上的无线电设备，抓住设备正下方的木抽屉，把它整个拉出来。一阵奇怪的嗡嗡声回荡开。他伸手探进原来放抽屉的地方，嗡嗡声就停下了。他的手在里面倒腾，然后收回手臂，一只手拿着一个布袋，另一只手是一个装着纸币的塑料袋。他检查了两个袋子，又把它们塞回去，再打开警报器，推回抽屉。抽屉一回到原位，警报声就自动解除。他走向沉睡的女孩，野蛮地抓住她的头发，把她拎起来左右摇晃。小艾伦宽敞的后背对着我。女孩睁开眼睛，睁得很大却空无一物，似乎直直地瞪着我，我差点抽身而退，然后她的眼睛又闭上了。小艾伦猛抽她，她的眼睛仍旧闭着。小艾伦扔掉她。

突然，他伸进口袋，掏出那块石头，走近灯光。他的身体紧绷，肩膀耸起。我退回去，感觉他随时会冲过来抓住我。

我向船头蠕动，爬到檐上，把丝袜从口袋里一点一点扯出来。下面的灯光很快一盏一盏熄灭，我本来就没指望有光。为了尽快适应夜视，我紧闭双眼几秒钟，再睁开。我听见他走近，动作敏捷。我需要一个好机会，必须为此冒险一搏。他一现身，我的头和肩膀顺着船沿滑下去。他听到或是感觉到我的动静，想转身，但我狠狠地给他来了几下，比想象中的要轻松顺畅。他向后踉跄三步，先是跪倒，然后趴下。我跳下来，手脚并用，轻巧着陆。他想爬起来，我又赏了他一拳，这一拳更为精准，足以打断他的手腕。他再次双手撑地跪下，摇着脑袋，不停叹气。他的头骨坚实得令人赞叹。我一击正中他的左耳后方，他的手臂松开，脸朝柚木地板摔去。我站在原地，喘着粗气，内心里斗争了片刻，犹豫是否要暴打他一顿。不过那三下够他躺一阵子，也够我去完成两件事情：夺回他的宝物并废掉他的游艇。

藏宝抽屉设计得挺复杂。他在里面装了个用电池的报警器，我找不到开关，于是把电线扯掉。隐形门在抽屉的正后方，上面有个可以滑动的盖子。我把钞票塞进一个口袋，然后晃了晃布袋，它发出玻璃碰撞的声音。这声音触发了一段旧时记忆：很久以前我在学校操场上赢来的弹珠，沉甸甸的战利品。我把布袋塞进衬衫，宝石隔着布料亲近皮肤，透出奇异的清凉感，宛若清凉的喜马拉雅山石，或冰冷的走私黄金、牢房的铁条，抑或是那双蓝色的小眼睛，浮在动人的笑容之上。

船不是问题。拉起某个舱门，扯断一些电线就行。但我突然想起那颗赝品宝石。如果我没法寄回去，哈利会宰我一刀。我蹲在小艾伦身边，在他裤子右边的口袋摸到了。突然，他翻身压住我的手，沿着我的手腕手臂翻滚，杠杆作用将我掀倒。他仰天躺着，后背压住我的右手臂，他的左臂勒住我的脖子，把我的头卡在他的腰部，然后用另一只手死命捶我。我没法翻身，也无从还手。我的脸开始破裂，世界模糊起来。我用膝盖撑起身子，把另一只手臂塞进他身下，使劲撬他，把他撬起来，翻过去，然后从他口袋里抽回右手。他如橡皮般灵巧地弹起，我差点没看见飞踹而来的一脚，仓促躲闪，肩膀外侧被踢个正着，左臂当场麻木。他打得很来劲，始终压低身子，保持平衡，每次呼吸都呼呼作响。我打中他两次，接着就被他一拳揍倒在一堆椅子里，然后他开始痛快淋漓地猛击我的肋骨、抠我的眼睛、用膝盖撞我，把能打到的地方都打个稀烂。他跨坐在我身上，两条粗腿压住我的双臂，拽着我的耳朵把我的头拎起来，砸向地板。世界放缓，犹如梦境。我感觉一只手臂松脱，然后看见一只手举在高处，手掌直抵他的下巴。他想用握紧的双拳重击我僵直的手臂，要不是我一脚蹬开他，他已经一拳打断了我的手。他又扑回来，像一只野猫，而且手上挥着一根从椅子上断裂下来的硬木头。第一下打在我的肩膀上，第二下命中我的左耳上方。我的脑中响起一片白茫茫的铃声。他往一边挪开，喘着粗气，任我栽倒。我侧身摔下，他猛踹我的腹部，就像足球运动员远射。

在残存的破碎意识中，世界显得遥远、无关紧要，就像一台电视机，架在黑暗的礼堂的远端，声音模糊，画面紊乱。不知何处，那个满面笑容的家伙靠着栏杆，大口吸气，吸了好一会儿。就算有人在我身上放火，我连眼皮也不会眨一下。他开始清理驾驶舱，还哼着歌。我听出来是哪首歌。《生死恋》[1]，威廉·荷顿和珍妮弗·琼斯演的。我记得她穿着白色泳衣，走进香港的浅水海湾。但我没法专心想她，老爹每次靠近，都会踢我一脚，合着音乐的拍子。后来他对着我的头来了一脚，远端的电视机瞬间消失，只剩一个小白点，接着小白点也消失不见……

1 原文为*Love Is a Many Splendored Thing*，1955年的好莱坞电影，片中同名歌曲获当年奥斯卡最佳原创歌曲奖。

小电视机又回来了。周围有震动感、大海的翻滚，以及水流声和闲荡的船声。还有一个细声而绝望的女人的声音在近处，说："噢，不要，真的不要。求你了，不要这样。"

我被塞在驾驶舱靠船头的角落里。我花了一点时间，才猜出那是谁的声音，是亲爱的小帕蒂。但她不应该出现在这里，我已经把她排除在外了。小艾伦嚷嚷着"噢，噢，噢"，像个快活的圣诞老人。"你个小可爱，"他说，"我要吃了你。"

我挑开一只眼睛，右眼，感觉就像顶起一辆卡车。在夜晚的微光下，小艾伦正在调教帕特里夏[1]·德芙兰。他像一头熊似的伏在帕蒂身上，把她抵上窗户的横梁，一只手抓住她两只细细的手腕，另一只手伸到她的裙子底下，抬起她，让她踮起脚尖。他们近在眼前，可以直接摔在我身上。

突然，他转过身，瞪着前方，骂了一句，然后松开她，朝舵盘走去。修正航线，重新设定自动驾驶之后，他回来继续教程。但我不想再看下去了。她被压弯了腰，哭了起来。我以闪电般的速度跳起，在小艾伦大吼之际，甩出一只无知觉的手臂，揽住女孩的腰，把她拉向我，带着她一起向后一翻，越过栏杆，掉入漆黑的海水。我们蜷成一团，在水中旋转，等着螺旋桨把我们绞碎。

终于，我们从水流中冒出头来。我看到船上的灯光逐渐退去，松了口气，然后往四周扫了一圈，寻找岸上的灯火，给自己

1 帕蒂的全名。

定位。这里距离我脑袋挨踹的地方大约往南一英里，海湾宽阔，水道狭窄。她抬起苍白的娃娃脸，黑发像海狗皮似的贴在头上，然后歇斯底里地乱嚷起来。“逍遥游”不再吹着水花向前航行，而是怒吼着开始掉头。我在水中拍打德芙兰小姐，帮她转到最佳方向，然后喊道：“快游，宝贝！”

她回过神来。她游得真不赖，比我快，而我感觉自己在用四条断肢游泳。每一次换气，我都以为他还在踢我的肚子。我们的逃跑路线很有利，只需游五十英尺，穿过因为挖水道而淹没的浅滩，而他必须往回开一百五十英尺左右。我本想骗他开上浅滩搁浅，却听到他猛然减速，再发动引擎，调到倒挡，停在海面上。

“继续游，”我冲她喊道，“往左一点。”

探照灯打到我们身上，她停下来。我使劲划了两下，游到她身边，把她拉下去。水面上传来枪响，听起来是滑稽的噼啪声，而子弹打在你身边，发出奇怪的声音。刺咚克，刺咚克。我双脚踢水，让我们前进，她明白了我的意思。海水撞击我的胸膛，仿佛要冲散我的肋骨。我换了口气，又沉下去，继续蹬腿。我抬头没看到灯光，于是浮出水面向后望去。他正在转一个大弯，然后打直船头朝南边的劳德代尔堡疾驰而去。

“帕蒂？”我喊道。

“我……我在这儿。”她在我身后十英尺左右的地方，站在齐腰深的水里。我踩着海底的牡蛎壳走过去。

“他……他……他要……”

“但没得逞。”

“他……他……他要……”

“他跑了，振作一下。”

我搂住她，她把脸靠在我的胸口，说：“啊！老天，啊！”

“放松点，宝贝。”

“我……我没事。他摘掉我的眼镜，扔到海里去，说我以后都不用戴眼镜了。”

“他跑了，帕蒂，带着他的女人跑了，他俩才是一对儿。打起精神，我们游到岸上去。”她身后两百码[1]是明亮的海岸，夜晚的霓虹灯喧嚣骚动，在她的头发上映出粉、绿、蓝的光晕。我松开她。她的上衣紧贴桃子大的胸部。不看胸部，你会以为她十二岁，算上胸部，她差不多十四岁。

“你怎么又过来了？”我问她，“我打电话给你妈妈，把你要干的傻事告诉她了啊。”

“是你？我……我从卧室的窗户爬出去的。好玩的事，我不想……错过。”

“老爹可真是个好玩的人啊。”

“别这样。他说，他其实只想和我一起。我上了船，一切都……很奇怪。你躺在那儿，一动不动，浑身是血，我以为你死了。他让我到下面去叫醒笛玲，我怎么也叫不醒她。当时我就想

1　两百码约等于183米。

回家。他说不用担心，这次出海会很好玩。他说你想抢劫他，说要把你交给警察，还说你只是被打昏了。他说，把你交给警察之前，他还要抓住你的同伙。他让我待在船上，看着你，如果你醒了就喊一声，他说他就躲在旁边。我不喜欢那样，但还是照做了。我当时心里想着彼得和那个女孩，根本管不了自己在干吗。然后，一个女人来了，一个高个子的漂亮女人。她站在码头上大声说：‘你们这帮人把他怎么了？你们把崔维斯·麦基怎么了？’她站的地方看不见你。”

“老天啊！她在车里等我。她知道事情不对，应该跑掉。”

“他不知道从哪里冒出来，朝她扑过去，然后带着她跳上船。她尖叫起来，但一看到你就不叫了。艾伦松开她，她就站在那儿，盯着你看。艾伦趁她呆在原地，就……就打了她。用拳头打的。那一拳好狠，让我反胃。她倒下去，像个布娃娃，然后艾伦把她拎起来，把她丢进卧舱。我逃下船，但被他抓回来。他解开缆绳，开动引擎。开出水道之后，他很快开进海峡，顺着海峡很快地往南开，然后慢下来，让船自己开。他回过身，扔掉我的眼镜，开始……对我下手。我其实……我可以跳下海的，但当时我脑子里一片空白……然后你……”

“快！还行不行？快点，姑娘！”

我们并肩游着，慢得难以忍受。我领着她朝最亮的地方游去，最后脚踩浅沙和贝壳，来到一座五英尺高的堤坝脚下。我爬上去，一点一点翻过身子，然后伸手把她拉上来。她绊了一跤，跌在椰树下潮湿的草地上。我拉起她，带上她继续赶路。我们的塑胶鞋吱吱作响，喘息急促，步履蹒跚不稳。我要找电话。我的脸上似乎有多处骨折。我领她绕着一座假山公园跑，终于找到大门，跌跌撞撞地跑进去。里面是一家多功能汽车旅馆，名字很挑战想象力，叫“熊径旅馆”。夏天，他们的生意不错。舞蹈老师正在教一群发型千奇百怪的游客跳波萨诺瓦。棋牌室里赌得热火朝天。我们哆哆嗦嗦、浑身滴水、体无完肤、上气不接下气地闯进去。

穿戴整齐的服务员朝我们跑来，惊声尖叫。

“电话！”我吼道。

“但你们不能就这样进来……”

我抓住最近的一件丝质工作服，把人拎到脚尖上。他伸出僵硬的手臂，指着浅蓝色柜台上的一部橙色电话。我让接线员帮我转接警长办公室，她带着潮湿的鼻音问我是不是酒店的客人。我回答说，如果她再耽误我一秒钟，我就把客人一个个从窗户扔出去。帕蒂乖乖地站在我身边，低着头，垂下肩膀，挺直身子。

一个非常聪明、反应很快的警官接了电话，让我振作起来。我意识到身后的一片寂静：跳舞的人凝固，打牌的人僵掉，服务员呆住。我描述了船的样子，说船大概四十分钟前从柑橘旅馆起航，朝南边开去，安布罗斯 · A. 艾伦掌舵，他可能有精神问题。船上有个年轻女孩，嗑了药，昏迷不醒，叫笛玲，姓什么不知道。还有一位姓阿金森的女士，被强行弄上船，还被殴打。船可能会从劳德代尔开往巴哈马。

“你叫什么名字？从哪里打来？”

“熊径旅馆。我身边还有个女孩需要医生，然后送她回家，她姓德芙兰……”

“我们正在找一个叫帕特里夏·德芙兰的女孩，十八岁，黑头发，比较瘦……”

“就是她。她遭到未遂的绑架和强暴。你们可以过来接她。”

“你的名字？”

我挂断电话，扫了一圈四五十双凸出的眼球，然后转身离开。我穿过几排篱笆、一个花坛、一片停车场。每次呼吸，我的胸腔都阵阵绞痛。我一边朝商店的灯光走去，一边调整方向。离艾格尼丝小姐还有一英里多。跑五十步，走五十步。车还在，但没有钥匙。不过备用钥匙在仪表盘下面的一个小磁铁盒里。

我开着车回家，听见自己的哭泣，好像剧烈的打嗝声。一个悲伤又勇敢的好女孩信任了我。她信任了我。她信任了靠得住的麦基大哥。她们不该再信任我，打死也不该信任我。我开着车，一边流泪，一边诅咒麦基。

Trece

换上干衬衫和干长裤对我的形象帮助不大。我拖着步子走向隔壁的游船，我欢快的朋友，阿拉巴马 · 泰戈，在船上举办世上唯一永不停息的水上派对。他有一百个理由让我立即看医生，问我是谁拽着我的脚跟把我从楼梯上拖下来的，还要我从几个热情的业余护士里挑一个喜欢的来用。但我对他说，我更想借用一下“情欲之心”[1]。他没问为什么，让我拿去用，他喜欢没来由的刺激。“情欲之心”有二十一英尺长，船身亮白，装着大油箱和两台大号莫克斯推进器。它就停在旁边，油箱饱满，随时听命。泰戈身边的那群叽叽喳喳的女孩们帮我把船罩掀掉，弄好缆绳，把我推出去。高速马达搅得水流汩汩作响。她们站在岸上，手舞足蹈地和我告别。我坐到胶垫座位上，系紧安全带，打开前灯，调转船头开出去，从桥下穿过，开过海军军舰，驶进大西洋。看

1　原文：Rut Cry。

见海峡之后，我分辨出比米尼的大致方向，就放手往前开。速度开到四十[1]，船身开始跳跃，震动了我的牙齿、摇垮了我的脊椎、在我身上钻洞、捽打我、对我怒吼。这是在惩罚我犯下的罪过，把刀子插进所有的伤口。我一度把船头压进水里，险些翻船。我把速度减到三十。确定附近没有任何过往船只之后，我熄灭前灯。东南风，海面平静。我估计他的船最多开到十五，我一小时能跑他两小时的路。所以，算他先出发两小时，就从浮标那里开始算。不，从那里算，他只是先走一个半小时。我九点十五分出发，所以九点十五分，我落后他二十二英里。四十五分钟。我开到浮标的时候，算他再开十英里。加二十分钟。粗略推算，如果数字没大问题，我可以在十点三十分前后追上他。

于是，我一路开下去，直到十点三十分，然后以最慢的速度朝两条狭长的海浪开去。我解开安全带，站起来，抓紧舵盘的上端。每次冲上浪头，我就扫视一段地平线。我距离猫礁灯塔太远，没法借光探路。当我看到东北方出现灯光，我的心脏剧烈跳动，但仔细观察之后，才发现那是正驶离港湾向南开的货船。我极目搜寻，直到出现幻觉。

我又坐下，把额头靠在舵盘上。我的舌头舔到了一个空洞，是我的一颗牙齿缺了一角。英勇的蠢材，傻瓜麦基。现在的情况好比抽三张牌就想凑一手顺子。他也可以关灯航行，而且他太精

1 指40英里每小时，约64公里每小时。

明，不会走这条路，完全可能奔古巴去了，或者他知道坎多礁有某个小角落可以避避风头。

星辰俯瞰我的演出，嘲讽我的渺小无用。无边的黑夜，孤舟一人，形影相吊。绝望之中，我任其漂流。一片浪花碎开，溅在我脸上。眼泪和海水尝起来没什么两样。

当局不会没事找事，进行夜间搜索。他们会等到黎明，然后派出直升机，外加民间巡逻队的好事之徒，还有那些需要凑飞行时间的后备队小孩。

银光突然消失。我抬头，看见一团带着光晕的积云遮蔽了月亮。云下有蓝色的闪电，直戳海面。我只好往回开，慢速航行。船头破开起伏的海面，爬上浪尖，再从另一边滑下。我朝暴风看去，如果全速回撤，我能够躲开它。我沿着大致的方向航行，回去的路不必太精准，海岸很长，不容易错过。在夜里，你只要朝着粉红迷雾般的迈阿密开去，然后适当地调整方向。

闪电不间断地落下。我回头望去，眼角瞥到了某个东西，在我和闪电之间的一个小点。我以为那是幻象，但随即又看见它了。我掉转船头，朝它驶去。它隐没无踪，又再次出现。没有灯光，只有闪电打出的轮廓。很快，我又看见它，它变大了，无处可藏。我把船转了个大弯，倒着开过去。下一次闪电又近又亮，闪电过后，黑色大海上的苍白游艇仍残留在我的脑海。

“逍遥游”比我想的要慢，远远落后预估的航程，最终在诡异的闪电下现身。

我与他的速度保持一致，紧跟在他后面，离他约二百码。他不太可能发现我，除非在闪电的瞬间回头。他的速度只有十节[1]，也许是为了省油。我看了一下罗盘，他正驶向比米尼的南边。他可能想着开进巴哈马浅滩抛锚，第二天天一亮就往贝里群岛开去，在费尔其野猪礁石加油。对他来说有点远，但并非不可能。

这里有个小问题。我靠近他的时候，他一定会听见马达的声音。我的皮带里塞了一把小型捷克自动手枪，可以连发，但比浇花的水管准不了多少。往船上爬的整个过程中，他很容易对我下手。

一道刺目的闪电划过，一股臭氧的气味飘来，接着隆隆的雷声响起，我听见嘶嘶的雨声。雨倾盆而下，船淡出视线。雨水也将我淋透，我转向提速前进，竭力寻找他的踪迹。突然，他的船尾在雨中隐现，我猛打轮盘，将两台马达都开到倒挡，才勉强没撞上他。雨水、雷鸣，还有刺目的背景是最好的掩护。他继续往前，我紧随其后，冒险离开轮盘，迅速爬到船头的绳栓处，又赶紧回来掌舵，嘴里衔着缆绳的另一端。他的船尾激起巨大的波浪，但我觉得，只要能绕过去，旁边的水面相对平稳。雨水硬如雹子，而且出奇冰冷。我眯起眼直视前方，冲了两次，终于卡准位置。我熄灭引擎，纵身一跃，抓住栏杆。我感觉小手枪沿裤腿滑落，掉到脚面上，但此时已经没有退路。我翻过栏杆，闪电亮

1　十节等于10海里每小时，约18.5公里每小时。

起，我看见他弓着背站在轮盘前。在“情欲之心”死重的身躯要撞上来的刹那，我飞快地把缆绳在栏杆上绕了一圈。幸好，绳子没断，我把它绑紧，然后蹲下身子，寻找小艾伦。又一道闪电。他不见了。轮盘在转动。

大雨戛然而止。“逍遥游”开始朝港口方向大转弯，劈开海浪，剧烈晃动。我转头向后看去，“情欲之心”清晰可见，船头抬起，稳稳地在游艇激起的波浪里前行。该死的月亮出来了，我变成银色盒子里的一只小黑虫。有什么东西响了两声，仿佛有手指拂过我的头发，是一只蜜蜂在我耳边回旋。我翻身滚进驾驶舱远端的角落，手搭在一根船锚的把手上。我把它摘下来，把它当鱼叉，掷向船舱黑暗的入口。那里传出一声咕哝、碰撞声和轻微的咒骂，然后两台引擎慢下来，吭吭哧哧地熄灭。船停在海上，静止不动。“情欲之心”冲上来，撞上船尾。船摇晃起来，船上的装备四处作响。我抄起一把之前没被打烂的椅子，扔向我认为他藏身的暗处，然后抓住顶舱的横梁，荡上去，蜷伏起来。我暴露在月光下，但只要他出现，我一定会先看到他。

风把小船吹到右舷中央，就在绳子的尽头。假日小艇，为泰戈好好露一手吧。我趴在翻过来的玻璃纤维救生艇旁，摸索着解开拴紧的绳索。我没有很牛的计划，只是想制造更多的变数，为我所用。我不知道他为什么没有动静，这让人紧张。他打垮了我一回，我知道他下手多狠多快，而且我的状态也不如上次好。上一次交锋，我似乎没有给他造成重创，但这一次不能再失手，否则我没法活着离开。我之前把他当人，而不是动物，这是一个错误。他甚至不是有皮毛的动物，而是爬虫。他一定在打什么主意。

突然，我意识到“情欲之心”正慢慢滑向大船。我往前挪了几步，向外窥视，看见他正把小艇拉过来。他蹲在驾驶舱里，黑色的身形被月光镀亮了轮廓。他猛地转身开枪，我赶紧缩头，一颗子弹划过空中，没入夜色。我突然明白他之前在悄无声息地做什么。他可能从洞里抓出那捆钞票和那袋宝石。我突然冒出来，带了一艘小快艇做礼物，按常理推断，还装了足够返回的油料。那么再会了，朋友。对他来说，这是不错的解决之道。他知道我从水里逃脱了，局面对他来说很棘手，但现在他有机会甩掉困局。他可以找个黑暗的地方上岸，让小艇漂走。之后，我就没法再威胁到他。他把我留在“逍遥游”上，是死是活都无所谓。只要他松开缆绳，跳进“情欲之心”，就胜券在握。我再也抓不到他。

我不敢等太久。“逍遥游”被大浪夹击，颠簸晃荡。每次浪头打到左舷，海水就冲进驾驶舱。这艘船的驾驶舱有所谓的自动排水功能，其实只不过是船舱甲板比船身吃水线要高一些，水可以从嵌在甲板角落的排水口流走。

“情欲之心”漂到大船旁停了五秒钟左右，我把双手放在救生艇下，把它翻过来，推进驾驶舱，自己跟着进去。救生艇震出巨大的声响，然后从甲板上弹起，飞向船尾，撞了他一下。这一下撞得他四仰八叉，他手里“情欲之心”的缆绳掉在地上。风可以轻易地吹动小艇，却吹不动大船，于是小艇离大船右舷越来越远，同时急速抽回缆绳。我跳上甲板，失去平衡，同时掐准晃动的频率，在他起身时向他扑去，双手钳住他拿枪的手腕。他的手臂在空中挥舞，我顶住他的反抗，夹住他的手，扭过来，就像小孩摧残树枝那样。我的脑门摔到甲板上，双腿乱甩。就在我支撑不住，快要松手的时候，我感觉到那只手臂放弃了挣扎。我们缠成一团，被海水冲进船尾右舷的角落，两人都为了挣脱对方而肉搏。缆绳穿过右舷栏杆向外飞去，他伸手狂抓，还差几英寸就要得手，船身却向左倾斜，把他甩回来。漂浮的“情欲之心”把我们拉向另一边，与此同时，就着月光，我看见缆绳的白色末端滑出栏杆，坠入夜色。我跪在地上，在水中摸枪。他两手空空，我怀疑枪是不是掉进海里了。他用裤子滑行，一阵晃动将他钉在左舷上，任由海水冲刷。我知道他很清楚自己该怎么办。他必须解决我，然后开动“逍遥游”，顺风而下，找回小艇。我是问题所在。我的指尖扫到了手枪。船向右舷晃动，他顺势冲过来时，我抓起枪。如果他爬着过来，就可以抢先一步，但他站起身子，猛扑过来，所以我有时间举枪打中他硬实的肚子，在他扑上来之前又开了两枪，但没打中。中枪之后，他发出怪叫，呼吸中伴着类似口哨的声音，不是疼痛或恐惧的叫声，而是纯粹的暴怒。如果他想踩住某个乱动的东西，也可能发出这种怪叫。

他抓住我的脖子，我挣脱开，意识到他的右手臂没力了。那只手臂还能动，却失去了可怖的力量。我甩开他，然后和他面对面地扭在一起。我们的动作太过暴烈，要站起来，风险很大，因为我们都无力防御对方。枪不见了。他用左手，我用右手。我们的对打和劣质电视剧里一样，先吼一声，然后一边哼哼一边出拳、出拳、再出拳。我明白，如果能撑住，胜利将属于我。他中了一枪。也许他意识到势头不对，我看到他把左手伸进衬衫。还有一支枪？一把刀？在突如其来的惊恐中，我想给他一记重拳，了断这一切。可他像猫一样敏捷地缩头，我打了个空，直直趴倒在地。我翻过身，看见他拿什么东西砸向我的脑袋。我抽身躲开，那东西擦过我的脸颊，击中柚木地板，爆开。水晶软糖散落一地，在月光下四溢奔逃。它们是布袋里的宝藏。他惊愕地号叫起来，扑在地上，拼命抓回满地的圆宝石。海水冲进来，不可避免地把它们扫向船尾，落进排水口，葬入深海。有那么一小会儿，我觉得他似乎忘了我的存在。我放低身子，掐准晃动的频率，在他起身足够高的时候，朝他冲过去，肩膀抵着他的肚子，两腿狂奔，在右舷下沉时把他撞回栏杆上。他翻倒过去，死命乱抓我，但我抓紧栏杆，他什么也没抓住，跌入海中。

不知为何，我以为他会像石头一样沉下去。我抓着栏杆，喘不过气来，突然看见他冒出水面，抹掉眼里的海水，寻找方向，然后转身朝“情欲之心”游去。虽然他扭伤了一条胳膊，腹中有一颗子弹，我依然相信他能游过去。他的前方，小艇在月光中上下起伏。

我感到不可名状的惊慌，开始找东西扔他。“逍遥游”正朝同样的方向漂去，他游得还不够远。船上的储物室里有一把大锚，我把它拉出来，链条在锚柱上嘎嘎作响。我用双手抓住船锚，站稳脚跟，用尽全力把它扔出去，划出一条叮当作响的弧线。海浪正将他举起，锚就落在他的后脑、脖子和肩膀后面，然后顺势翻过了他的肩膀——海面上突然空无一物。绑着链条尽头的绳索抽打我的脚踝，凭着本能，我一脚踩上去。我虚弱地弯腰，捡起绳索，没有力气拉回船锚，只是把绳索在右舷船尾的绳栓上绕了几圈。我继续搜索他的踪迹，不相信有东西能了结他。我踏出一步，寻找平衡，一脚踩在一块像鹅卵石的东西上。我把它捡起来，放进口袋，然后拖着脚步走进控制室。我必须让船停止摇晃，否则我会疯掉。我开动引擎，让船逆风航行，把速度减到最低，然后开启自动驾驶，让它接手，稳住船体。我的下嘴唇裂成两片，其中一片向下撇，露出左边的牙齿。我打开前灯，仪表盘旁边的支架上有个手电筒，我拿着它往底舱走去。刚才剧烈的晃动把两个女人从卧舱里震了出来，她们趴在狭窄的过道里，笛玲压在露易丝身上。我把笛玲抬回左舷的卧舱，她还在沉睡，喉咙发出长长的呼吸声。

对露易丝，我要温柔得多。我跪在地上，把她翻身，再抱起她，放进卧舱，然后用手电筒照着她。她的脸呈发酵的黄色，整个左脸是一片黑色的瘀伤。我摸不到她的呼吸，但把耳朵贴在她的胸口，能听到细弱、缓慢、游丝般的心跳挣扎。

我一边给两个人都盖上毯子，把身子周围塞严实，一边喃喃自语。我的脑海里似乎充满了空白、幻影和迷雾，仿佛一片被薄纸般脆弱的骨头包裹的广袤寂寞之地。

找到泰戈的船，这是最紧要的。往顺风的方向看。我回到驾驶舱，取消自动驾驶，让船回转向后开去，并加了一点油门。突然，我想起那该死的锚。我已经搞不清它的位置，应该早点把绳索绕到锚柱上。锚被船拖着，会在水里乱搅。我把船又调回自动驾驶，然后到船尾去，决定解开绳索，把锚放掉。我开灯照着海面，寻找锚的踪迹。船后四十英尺的地方，水流拱起平滑的圆丘。小艾伦浮在丘顶，脸朝上露出水面，对我笑。

仿佛为了炫耀，为了证明一切尽在掌握中，他突然翻身，背朝上，露出锚的金属光泽，很快又翻过来，脸高高昂起，耳旁溅起白色的小浪花。

我丧失了动弹、思考和说话的能力。现实世界离我远去，我在噩梦中与永生的怪物搏斗。我没法把灯光从他身上移开。他再次翻身，我终于看清。他的脖子卡在两根锚钩之间，钩尖从两边穿透下颚，扯住他的脸，拉出一个笑容。我走到绳栓旁，用虚弱又笨拙的手解开绳索。锚带着他瞬间消失。我抱着栏杆，呕吐起来。等我抬起头，眼泪汪汪地朝前看，突然发现船离“情欲之心”太近，眼看就要把它撞翻。我冲回驾驶舱，回转船身，然后慢慢迎向小艇，用一根船钩钩住它的缆绳，把缆绳紧紧系在船尾甲板中央的绳栓上。

我估算了一下航线，推测我们在290度的位置，然后一边看着“情欲之心”，一边把速度调到每分钟2800转。我下去看两个女人。露易丝的双手瘫软、冰冷。我用嘴唇在她脖子上感觉到脉搏，她还活着。

我打开无线电，调到海岸防卫队的急救频率。我试了三次，终于收到他们清晰响亮的回应。我告诉他们我是谁、人在哪儿，还告诉他们这里需要什么样的医疗急救。此时午夜已过。破裂的嘴唇让我的声音听起来很奇怪。我告诉他们，从其中一个女人的情况和海面的风浪看，派直升机来接人是行不通的。他们让我稍等，接着让我撑开她的眼皮，拿手电筒看她的眼睛，我照做了。我告诉他们，一个瞳孔微小，另一个很大。他们又让我稍等。我上到船顶，四处张望，看见西边的地平线上有灯火，然后拿手电筒扫视四周，发现排水口里闪着红光，之后又发现三块。我一共捡回五块没被海水卷走的宝石。

电台通话继续，他们不知怎么找到了船的方位，让我把航线修正5度，并让我全速驶回劳德代尔堡，直奔六十六号加油码头，那里等着一辆救护车。

我把船开到极限。油门全开，转速逼近4500，引擎发出怒吼。我把速度放慢一点。油箱半满，我手握舵盘，驱策游艇，向陆地疾驰。泰戈的小艇在船尾颠簸摇晃。

一排闪亮的汽车停在加油码头上，车顶上的红灯旋转闪烁。我把船贴到岸边，一群人拿着绳索涌到船上，互相之间大呼小叫。他们上船带走了两个女人，动作专业，轻手轻脚，对她们一视同仁。

我和她们坐一辆车去医院。医生缝好我的嘴，给我照X光，用绷带固定我的肋骨，把我的鼻子扶回靠中间的位置。与此同时，别的医生剃掉了露易丝的头发，切开她的头骨，释放脑出血引发的颅内压，这个手术非常成功。但是三天后，病人死于肺炎。当时她戴着氧气罩，我坐在一旁，隔着透明薄膜凝视着她，祈祷她的每一下呼吸，直到最后一下。她看上去更瘦小，头上的纱布也让她的脸变得窄小而灰暗。

Catorce

当所有的灯熄灭，你能做什么?

你只好回答问题。很多人，问了很多问题，因为我们有所谓的司法程序。

虽然你压根儿不在乎说多说少，到头来还是会本能地谨慎行事，尽量简化自己的回答。我不知道他从哪儿搞来的钱，凯西也不知道。她只是觉得小艾伦可能是打她的凶手。我是她的朋友。我只想帮她讨个说法，差点自身难保，还好运气不错。

笛玲气得像只遭火烤的松鼠，因为自己睡过了整场好戏。帕蒂是个坚毅的证人，她义愤填膺、用词精准、表达清晰。

我编了一个简单的小故事，反复讲了四十遍。是的，警官，我在黑夜里出海找他是很愚蠢的行为。他让我上船，然后把我打昏。我醒来的时候，他正要爬上另一艘船。我看见他失去平衡，摔下去，在海里游，想抓住另一艘船，但船漂得比他快。我当时太虚弱，很眩晕，什么都做不了。我好像听到他喊了一声。然后，我发动大船去找他，找到另一艘船，但上面是空的。

我很快就让记者对我失去兴趣。我总是东拉西扯，说个没完。我可以用二十分钟描述“逍遥游”的细节，再谈二十分钟“情欲之心”的船身设计，还可以开一个小时的讲座，介绍当时海上的天气，以及如何设定罗盘、修正航线。他们听啊听，直到眼神呆滞，打哈欠的时候下颚咯吱作响。我没有告诉他们那一夜小艾伦最后的模样，他的脖子卡在锚中间，双脚抬起，随着水流缓缓起舞。

灯光熄灭时，你还可以做些别的。

你学会了如何利用黑暗。各式各样的黑暗，海滩烈日下的黑暗、剧烈体力活动中的黑暗、酒精，以及泰戈的姑娘们带来的短暂黑暗。但这些黑暗难以持久。身体渐渐复原，但它的某个部分已经在那块透明薄膜后咽下了最后一口气。

时不时地，他们会过来，再问一些问题，但你表情和善、有点傻，而且很讲礼貌。她的嫂子过来，收拾了她的遗物，带着她的骨灰回到北方，把她葬在家族的墓园里。

有一天，我意识到自己几乎分文不剩。当初我为了钱接下这事，真可笑。在我心底的某处，我仿佛听见她欢快的笑声，如同一阵轻快的旋律。我们在笑谁呢，亲爱的？那声音说。

于是我拿出最后的一点钱，去了纽约。我坐在一家廉价汽车旅馆的房间里，联系了哈利。我把东西给他看，他说这些玩意儿是垃圾，同时眼睛却闪了一下。我把看上去最不值钱的那颗交给他，和他约定百分之七的提成。他用了一天半时间，带回3813美元。第二天，他分两次出手两颗，每次带回4000多一点。下一颗花了他一整天，5000多一点。把最后一颗交给他的时候，我有预感自己见不到他了，于是告诉他，我还有最好的一颗没拿出来。他想看看，我说等他把第五颗的钱拿回来，就可以看。这让他左右为难，因为他不知道该怎么把握自己的贪欲。最终他回来了，还是带来5000多一点。我对他说没有宝石了，他看起来并不太失望，我便知道他已经回本了。我也一样。

我把哈利骗进浴室，在他砸门的时候，塞给电梯小弟一张十美元，让他带我到地下室。在那里，我已经花更多钱安排了另一个家伙，他领我从后门走进一条小巷。四十分钟后，我坐上了去费城的火车，再从那里搭飞机回佛罗里达。

九月底的一个下午，我让那个棕色眼珠、眼神忧伤的金发姑娘来“缺角同花”。休息室的窗帘遮蔽了阳光。她穿着已经洗褪色的蓝色长裙，羞怯地从白日的酷热走进清凉的休息室，态度谦卑温顺。

“我打电话给你，你马上就过来了。说来就来，凯西？”

“是吧。”

“你是个温顺的姑娘，是吧？”

“我不知道，也许是吧。你帮过我，先生，那个女人遇难，我很难过。我和你说过，也许你还记得。事情变成这样，我很难过。”

她羞怯地与我对视一眼，瞬间移开目光，低头看自己的手。我想，她了解酗酒的男人是个什么样。她也许明白我为什么喝那么多酒，也许在我的电话里，她已经听出来了。

“真心感谢你的安慰。”我说。

她深深叹了口气：“如果你想说，可以说些难听的话，我不介意的。这年头，好像每个人都活得很累。”

她坐在黄色沙发上。我拿起一张小桌子，搬到她面前，锁上门，然后去主卧室，把钱拿出来。我把钱分成三沓放到桌上，一大沓和两小沓。

“我们打斗的时候，”我说，“小艾伦把东西弄洒了。他捡回了一些，然后带着它们一起沉下去。我其实有机会把他捞上来，一个死人，把他身上的钱和宝石搜干净，再把他扔回去。但我觉得太恶心了，其实我连想也没想。我拿回五颗宝石，其他的掉进海里了。我去纽约卖掉了宝石，搞到22668美元。这一沓有1668美元。”

她看了看钱，又看看我，眼神像上课的小孩那样专注而乖巧。

“这一沓可以负担我的开销，我花了大概这么多。”我说，“这一沓有1000美元，我留下当酬劳。剩下那沓有20000美元，是你的。”

“你说过，有一半要归你。”

“凯西，我不和你争。这次事情办得很糟，我拿点零头就够了，这点酬劳是为了保住自尊。拿去吧。”

“我不可能一下子用到这么多钱，你要留一半。”

“听着，傻女人！你怎么知道我没贪你的钱？说不定我把东西全夺回来了。为什么我说什么你都信？”

“你是好人，我本来都不知道你有没有拿回任何东西。之前说好的，你要留一半。”

我伸手抢过她的皮包，把钱塞进去，使劲把包扣上。“我已经得到我要的了！”

“不用喊，你让我收下，我就收下。真心感谢你，崔维斯。”

我一脚踢开桌子，坐到她身旁。这可恶的谦卑、温顺、宽容的女人。我想揍她。我想做点丑陋的事，摧毁她无声的诚挚，以及取悦我的渴望。我一手绕过她的脖子，把她拉过来，另一只手揉捏她的身体，同时粗暴地吻她。然后我放开她，她向后倒去，一边舔着嘴唇，一边皱起眉头看着我。

“怎么样？”我说。

“如果你的意思是你想要我，问我愿不愿意，我想我是愿意的，如果能让你感觉舒服一点，如果这是你从我身上想要的。我给你添了大麻烦……也没有别的方法可以补偿。”

我站起来，抓住她的手腕，拉着她走。她顺从地跟来。我把她推进面前的卧室。她环视房间，我跌坐在床上。她拉下蓝色长裙一边的拉链，同时用诚恳的眼神扫了我一眼。她咬着下嘴唇，一缕孩子气的金发垂落前额，眉头依然忧心地皱着。她把长裙从头上脱掉，搭在椅背上，然后保持平衡，甩掉鞋子。她的内衣是白色的，非常朴素，内裤紧绷，胸罩显身。

“上帝啊，凯西……”我说，“别勉强自己。”她脸上一片茫然。

“你心里很难受，对吧？”说完，她伸手到背后解开胸罩。

“穿上衣服！”

“什么？”

“这太傻了，穿上衣服走吧。”

我看见她的眼泪涌出，但脸上的表情没有改变。“你应该知道自己要什么。”她说，“我不够分量，我想你也知道。可是酗酒什么的，你应该清楚，或是得有人告诉你。”

我翻身伸展四肢。“对不起，”我说，“你走吧，好不好？”

我听着她的动静，我猜她站在原地注视着我。过了一会儿，她绕到床的另一边，爬上来，只穿白色内衣，钻进我的臂膀，然后仰起头，把我的脸拉进她柔软的颈窝。她闻起来有股干净的香皂气息，还有某种淡淡的花味香水。

“凯西，我不是故意……”

“嘘！”她说，“不必那样，我知道。我明白你想做什么，你想摔、想踢、想打。我知道的，亲爱的。我还知道你必须放手，让她过去。这很难。上帝慈悲，相信我。一个女人可以哭出来，但你听我说，我只是现在你身边最近的一个人，你可以依靠，这样会好一点。不管你想要什么、不要什么，做什么、不做什么，你要撑住，让她过去。她已经走了，你一定要放手，让她过去，不要责怪自己。我陪着你，你可以只是把我当成依靠，或者爱我、打我，如果你想哭，就对我哭出来，或者和我说说她，随便怎样都行。我今晚休息，会一直陪着你。你先想一下，再告诉我是走还是留。”

“那……留下吧。”

“好的，亲爱的。”

她用空出的那只手上强健的手指揉搓我紧张的后颈和肩膀肌肉。此时我才意识到自己有多紧绷，随着每一次深呼吸，我的身体在她怀中软化下来。

白昼将逝，我趁最后一抹天光拿起她的手端详，看那饱经风霜的手背，上面有细微的蓝色静脉和乡下人的指节。在我眼中，这只手美妙动人。我吻了她，感觉到嘴巴缝针后的结痂。她棕色的眼睛在最后的光线中闪烁，不一会儿，她的呼吸急促起来。我们的结合奇特、深沉、甜美、自然而然，仿佛在她舒心的抚慰之后，我们毫无阻碍地进入了状态。

黑暗中，她喃喃低语：“有了那笔钱，我可以回到孩子身边，我们在坎多岛可以过很久的好日子。我可以照顾孩子，替克里斯蒂分担一些。她厌倦了一个人的生活，想再找份服务员的工作。我可以辞职。亲爱的，你呢，你可以开船过来，把船停在我们那里的旧码头上。你可以去工作，那有一大堆手工活等人去做。家里别的孩子去上学的时候，我们还可以带戴维坐小船去钓鱼。我们可以……我觉得我们可以互相依偎，就像刚才那样，甜美又亲密。如果你要走，我会理解的，你不必勉强，崔维。”

我们真的这么做了。我恢复得很好。最终，我还是走了。我不知道自己没有永远留在那里，是不是天底下最傻的决定。

十一月底我走的那天，她说着我们熟悉的笑话，用笑容赶走眼泪。她拉着孩子的手，站在码头上对我挥手，直到我越过岛屿，消失在视线之外。